文春文庫

よみがえる変態

星野 源

文藝春秋

よみがえる変態　目次

よみがえる変態

おっぱい

舌を吸うと、母乳の味がした。

もちろん自分の舌の話で、誰かの舌を吸うという話ではない。たしか小学生くらいまでは自分の舌に味があった気がする。それが母乳の味だとはしばらく気付かなかったけれど、その味がしなくなったある日、ふと「あれは母乳の味だったのではないか」と閃《ひらめ》いた。日々いろんな料理を食べていても、しばらくして口の中で自分の舌をキュッと吸うと、いつもの味がした。

未婚だし子供もいないので、奥さんのおっぱいをお裾分けしてもらって検証する機会はない。もう味自体、あまり憶えてないし、知らない奥さんの母乳を分けてもらうにはいろいろとリスクが高い。いつか結婚して子供ができ、「ちょっと母乳を拝借」と検証したとしても、元の味を今よりもさらに忘れているのだから意味もないだろう。時間をかけ、やっと欲しいものが手に入った時には大抵、欲しい理由はなくなっているものである。

しかしおっぱいはすごい。僕の場合小学校6年生くらいまでは舌に味があったから、生まれてからほぼ12年間も味を残し続けたことになる。あのいくら歯磨きしても味が残ってしかたないカラムーチョでも翌日の昼には味が消えているのに、赤子の頃にたかだか1年から2年吸い続けただけで12年もキープするのはすごいとしか言いようがない。

J-WAVEで始まった自分のラジオ番組『RADIPEDIA』（2014年終了）に届いたリスナーからのメールで感心したのは、「死にたいと思った時に『おっぱい揉《も》みたい』と声に出して言うと、少し幸せな気持ちになりますよ」というものだった。嫌なことがあって落ち込んだり、怒っていたりすると、人は「死にたい」とか誰か特定の人を指して「死ねばいいのに」とか、つい言ってしまうものだけど、そんな時「おっぱい揉みたい」と声に出すだけですべてがどうでもよくなり、気持ちが楽になるというこらしい。

くだらないと言いつつ放送後自宅に帰ってふと思い返し、なんだかんだいつも仕事の悩みは尽きないので、ため息まじりに自宅で何度も「おっぱい触りたい」「ああおっぱい揉みたい」と声に出していると予想以上に幸せな気持ちになり、怒りや落ち込みを増幅させる負のスパイラルを断ち切る効果があるような気がしてきた。

特筆すべきは「実際に揉まなくても大丈夫」ということだ。もちろん男だし、揉みたい。いい感じのおっぱいを揉んだ方が嬉しい。だけど声に出しただけでいろんなことが十分どうでもよくなるし、何より優しい気持ちになる。おっぱいという言葉がもつ感触の豊かさ、奇跡のネーミング力には脱帽である。

おっぱいの語源を調べてみると、「お腹いっぱい」の「いっぱい」が幼児語に変形したという説や、「(乳を飲んでいる赤子を見て親が言う)おお、うまいねえ」が幼児語として変形したという説があったが、確証はなく、やはり最初に言葉に出した人、そして日常語になるまで使い続けた人の偉大さに想いを馳《は》せる。

しかし、ここまできて読んでいる方に誤解しないでいただきたいのは、おっぱいが揉みたいからといって、別に巨乳が好きなわけではない、ということだ。

「貧乳はステータスだ」

アダルトPCゲーム『SHUFFLE!』が発祥であり、アニメ『らき☆すた』の登場人物・泉こなたの台詞により広く知られることとなったこの名言からもわかるように、欧米の高脂肪な食文化が浸透しきった昨今、胸の大きい女子は増加し、どちらかというと微乳は減少傾向にあるだろう。大きくないというだけで肩身の狭い思いもするはずだ。しかし、それを補ってあまりある需要があるということを女性の皆さんはあまり知らない。

「は？　そうは言っても男は巨乳が好きでしょ？」

キレ気味のそこの貴方、断言しよう。僕の周りは小さい方が好きな男でいっぱいだ。むしろ小さくないとまったく興奮しないと言う男ばかりなので頭を抱えるほどである。巨乳グラビアブームも遥か昔に去り、男性の興味として、より控えめな微乳が欲求の対象と化しているのが最近の性の傾向だ。しかし事態をもっと複雑にしているのは、「巨乳より微乳が好きでいながらも、微乳女子に対して胸が大きくないことにチクリとツッコミを入れ、その女子が悔しがったり寂しがったりするさまに強烈な愛おしさを感じてしまう男たち」の存在だ。そのめんどくさい男たちのせいで、微乳の勢力は拡大していながらも、崇《あが》められることはあまりない。しかし、微乳がとても愛されてることに変わりはないのだ。

ちなみに個人的にはどっちも好きである。大きいのも小さいのも最高。何より重要なのは、感度なのですから（名言）。しかし、その「巨乳好きはマイノリティになりつつある」という事例に基づきつつも、あえてもう一度言いたい。サイズはいろいろあるけれど、押し並《な》べて、おっぱいはやはりすごい。

日本の国技・相撲。知識もなくそこまで勝敗に興味がない者にとっては、取組を観ていて最も目が行くのはおっぱいだ。ほぼ全裸であり、まわしという奇妙な召し物一つで戦うことに滑稽さを感じないのは、やはりおっぱいのおかげではないかと思う。ガリガリに痩《や》せてる男のまわし姿があまりにも見ていられないのは、そこにおっぱいがないからだ。ほぼ裸の男同士がぶつかり合う姿に人々が熱狂し感動できるのはその試合をおっぱいの貫禄が神々しく支えているからであり、「死にたい」という言葉を無効化することからもわかるように、おっぱいというのは様々なものをいい意味でどうでもよくしてくれる力を持っている。

裸でのデモ活動もある。権力には理屈で勝てなくとも、おっぱいなら勝てるかもしれない。以前、荻窪の住宅街でおっぱい丸出しで他人の子供を説教する初老の女性を見たことがあるが、無駄に説得力があった。きっとそれはおっぱいというものの持つ力の証明であると思う。

皆さん、読んでくれてありがとう。

冒頭からこんな調子なのは、日々こんなことばかりつらつらと考えている自分というものの解放であり、今後このくらいの適当さで行きますよという宣言でもあり、あまり堅苦しく読まないでねというエクスキューズでもある。

そして何より、誰か親切で可愛くて美しい女性が「揉んでもいいよ」と言ってきてくれないかという淡い期待を寄せているからに他ならない。

くだらないの中に

イライラ解消の上手なやり方をずっと考えている。

東日本大震災からちょうど1週間。まだまだ事態は大変だというのに、張りつめていた気持ちの糸が少しずつ弛《ゆる》みはじめている。ため息が多くなり、疲れを感じ、短気になりやすくなっている。なるべく疲弊《ひへい》せず前向きな気持ちであり続けられるよう、上手にストレスを発散していきたい。

個人的によくやるストレス解消法は、ボールペンでもサインペンでもなんでもいいので、それを使い、白い普通の紙をとにかく真っ黒く塗りつぶすという方法だ。特定の絵や文字を描くのではなく、ただ手首や腕の動きの快感に任せてグシャグシャと描きまくる。何も考えずに何枚も何枚も繰り返す。感情の赴《おもむ》くままにピアノを弾きまくるクラシックの作曲家の如く、リズムを付け、目をつぶりながらペンと紙の擦《こす》れる感触に集中する。ずいぶんシンプルだし見た目はかなり異様だけど、これでなぜか気持ちがスッキリする。

その他にも「枕に顔を埋めてスケベな言葉を絶叫」や、部屋の扉等に肩がぶつかった時に「ドアに因縁つけてガン飛ばして恫喝《どうかつ》」など、モノに対して大きな声を出すという方法もある。

替え歌も有効で、たとえばトイレの中では、うんこが出ていく様を大好きなチャゲ&飛鳥の「万里の河」になぞらえ「どれだけ出ればいいのですか」と熱唱するのもいいだろう。個室だし大きな声も程よく反響して気持ちがよい。サビ最後の「流れて行くようで」の「♪え〜え〜」のところで流すボタンを押してうんこと共にストレスが流れていくのを見守るのがベターだ。ともかく絶叫にしろ熱唱にしろ、普段の自意識にまみれた自分から一回離脱する感じがストレス発散に効くのかもしれない。

しかし2010年に初めて歌のアルバム『ばかのうた』を発表し、歌うことが仕事になってからというもの、喉を守るため不用意に大きな声を出せなくなった。部屋は音楽制作用にも使っているので、楽器可物件の我が家では思う存分絶叫できる（本当はダメ）けど、普通はご近所に気を使い静かに暮らしている人の方が多いだろう。鼻歌ぐらいに抑えておいた方がいいのかもしれない。

「くだらないの中に」という歌は鼻歌から生まれた。その日、いつものようにシャワーを浴びながら鼻歌を歌っていた。自分では誰かの曲に乗せて適当な詞を歌っているつもりだったが、ノリノリで自意識の枷《かせ》を外していたためにしばらく気付かなかった。「なんだこのメロディ」と思った時には一番の歌詞とメロディが出来上がり、こうしちゃおれんと慌てて外に出て、ずぶ濡れのままノートに詞を書き、ギターを弾いて録音した。

初めての全裸楽曲制作。思うように曲ができずに悩んでいた時期だったからか、抱えていたモヤモヤも一瞬で晴れた気がした。

作曲だけでなく文筆でも、表現ならなんでもそう。作品が出来上がるとそれまでの苦労がすべて報われ、関係ない鬱憤《うっぷん》も一緒に消してくれる。しんどい時期に体に鞭《むち》打ちムリヤリ創作活動をするというのも、ストレス解消や精神的問題解決の方法なのかもしれない。

SAKEROCKというインストバンドを組んでいる自分が、歌の活動をするきっかけになった「ばらばら」という歌を作ったのは、25歳の時だった。当時好きだった女の子といい関係になり付き合おうと告白すると、その子が彼氏持ちだということがわかった。思わせぶりな態度を取られながらも結局ふられ、諦めようか、でも諦めきれずにもっと頑張ろうかとウジウジしていたある日、相談を受けるのである。「彼氏がストーカーと化して暴力をふるってくる」と。

どうやら自分と仲良くしている様に気付き、狂暴化したらしい。これはチャンス！と、家の前で彼氏が待っていて帰れないその子を匿《かくま》って家に置いたり、別れるように説得したりした。そしてしばらくして、めでたくその二人は別れることになった。付き合う気満々で告白すると「なんかそんな気になれない」とふられ、意味不明で絶望していると後日彼女の友人から聞くのである。「源君がしつこくストーカーしてきて迷惑だってあの子が言ってるんだけど、本当？」と。

どういうこと、と思った時にはもう遅かった。付き合いたいと思って頑張ったのは確かだが、もちろんストーキングや迷惑な行為は一切していない。虚言癖。こうなってくると、彼氏が本当にストーカーだったかどうかも怪しくなってくる。彼女は自分と自分の発言を軸に人間関係が破綻《はたん》していく様を、ただ観て楽しんでいただけだ。自分を取り合う男二人を憂《うれ》いながら、悲劇の主人公気分に浸ってさぞ気持ちよかっただろう。女とか恋とか以前に人間不信に陥《おちい》ってしまった。

そんなわけで、絶望の淵からどうやって立ち上がろう、と作りはじめたのが「ばらばら」である。初めはそいつへの恨みをこれでもかとぶつけた歌詞だったが、私情全開でかなり恥ずかしい感じだったので、昔から感じている疑問にテーマをフォーカスし直し、その時感じた絶望を少しでも前向きに捉え直せるよう、普遍的と思える歌詞を書いた。

世界は　ひとつじゃない
ああ　そのまま　ばらばらのまま
世界は　ひとつになれない
そのまま　どこかにいこう

この曲を発表するとものすごく好評で、それが歌を続ける自信に繋《つな》がった。
思えば、そんな悲しい結末になる遥か前にその子が言った「そんなに歌が好きならちゃんと歌えばいいのに」という何気ない一言が、自信のない僕に歌を作る気を起こさせ、その結末で心が壊れながらも「ばらばら」という歌を生み出すことができ、それが今の仕事に繋がっているのだから、人生はわからない。

今となっては良き思い出である。もう二度と会いたくないけどなあのうんちクソShit馬糞女。

鬱憤を作品に昇華できた時や、その表現が人々に理解され実を結んだ時も、ストレスが消し飛ぶ大事な瞬間だ。今は本当に大勢の人たちがストレスを溜め込んでいる。震災から1週間、怒りをぶつけたい場所は数あれど、この危機に日本中がそれぞれの方法で努力している。いつかそれら一つ一つが必ず実を結び、苦難を乗り越え、発散ができる時が来て欲しいと願う。

雑誌連載として書いているこの原稿が書籍になるとしたら、約3年後。文庫になるとしたら6年後、いやもっと先かもしれない。その頃にはもっと事態は明るくなっていると思いたい。この文章を読んだ人に、「東日本大震災？　見事に乗り越えたよ」と笑ってもらいたい。でも、そうなっていないかもしれない。今読んでいるあなた、最近東北はどうですか。まだテレビでは報道されていますか。放射能問題は解決しましたか。あの震災以降の怒濤《どとう》の1週間がいかに絶望的だったか憶えていますか。そしてそれを今は前向きなものとして昇華できましたか。

今、自分のような仕事をしている人はみんな悩んでいる。不謹慎だのと批判されることも多い。しかし、そんな厳しい現実を胸に刻みつつ、想像力を駆使しながら何かの表現を生み、鑑賞し、くだらない冗談とか、エロいこととか、面白いフィクションやバラエティ番組とか、素敵な音楽とか、そういう楽しいものを糧《かて》に毎日毎秒を乗り越えることにも、連日流れる痛ましいニュースで受けるネガティブな感情のパワーと同じくらい、いや、それ以上に強い前向きなパワーがあると、私は信じている。

墓参り

なにか変だ。

ずいぶん肩も重い。電車に乗れば反対方向で、かつ間違えて急行に乗ってしまい、15分も行きたくない方に運ばれたりする。自慰行為の最中にパソコンが壊れる。画面が真っ黒になり、オカズがなくなった行き場のない怒りで壁ドンすると小指に今まで感じたことのない痛みを覚える。あり得ないところに吹き出ものができる。常にお腹が痛い。朝起きてからも始終憂鬱《ゆううつ》で何も手に付かない。

星野源名義のセカンドアルバムの制作に着手し、1カ月間寝ても覚めても「ものづくり地獄」の真っただ中でほぼノイローゼ状態というせいもあるが、ああ、食器洗ってたら割れてしまった。もう嫌だ。こんな時はどうしよう。どうすればいいんだ。

そうだ、墓参りに行こう。

そんなわけで埼玉は大宮にある墓地に来た。ここは母の母が眠る公園墓地である。公園墓地というのは、特定の宗派や購入資格などの縛りなく入れる場合がほとんどで、たとえば浄土宗の墓の横にキリスト教の十字架が彫ってある墓石があったりする。音楽でいうと企画ものCDの「NOW」（懐かしい）的なものや、日本のバンドも海外ミュージシャンも出演する音楽フェスみたいなものである。国や思想の垣根がないというだけで不思議なお得感を感じる。そんな意味でも自由で開放的な気分すら感じられるのが公園墓地である。

天気もよくて清々しい空気が流れ、草木や花も整備が行き届いていて綺麗だ。入り口にある藤の花もしっかり咲いていて門を通る時に歓迎されているような気持ちになる。以前、吉原にあるソープの入り口を開けたら男性店員数名が廊下の両脇にずらっとひざまずき、「いらっしゃいませ」と言われて感動した時と似た気持ち良さだ。

墓掃除のための雑巾、水おけと柄杓《ひしゃく》。そして花束を抱えて墓石の前に立つ。挨拶をすませ、墓を磨き水をかけ、花を生け線香をあげ、母の母に手を合わせて祈る。

おばあちゃん、いつもありがとうございます。なんとなくこの世には神様はいない感じがしますが、霊と妖怪はいると思ってます。なぜかいつも誰かに見守られている気配がするからです。最近曲ができなくて深夜の山手通りをゾンビの真似して奇声を発しながら歩いたりしていますが、一応健康で元気です。これからもよろしくお願いします。

祈り終わって目を開けると、雲間から太陽が照りだした。ずいぶんドラマチックだ。なんだかとてもいい気分になった。

次の墓地に移動する。今度は父の父母が眠る寺である。その場所は昔沼地で、家を建てるのが禁止されていた区域らしく、建物もあまりなく田んぼやあぜ道ばかりで、同じ大宮であることは変わらないのにものすごく田舎の風情がする。人もほとんどいない。

今度はお寺さんなので、小さくこぢんまりとしているが、厳《おごそ》かでディープな感覚を味わえるのが特徴だ。ライブハウスに喩《たと》えたら高円寺ペンギンハウスかJIROKICHIといった感じ。芝居小屋なら、今は亡き渋谷ジァン・ジァンだろう。ステージとの距離が近くて密度も濃く熱い。そんな墓地に着くとまた急に雨雲が空を覆い、薄暗くなると同時に非常に落ち着いた神聖な気持ちにもなった。

昔SAKEROCKに書いた「七七日」という曲のタイトルを思いついたのもこのお寺だ。それまで四十九日というのは「四十九日」と書くと思っていたが、ここでは「七七日」と記してあって、それが「七×七＝四十九」だと気付いた時には、なんて面白いネーミングなんだと感動したものだった。

墓石を磨き水をかけ、線香をあげ、花を生けて祈る。

おじいちゃんおばあちゃん、いつもありがとうございます。俺はおじいちゃんからいろいろなものを隔世遺伝で受け継いでいると思います。だからきっと数十年後には思い切りハゲてしまうと思いますが、おじいちゃんは額の方から後頭部にかけてハゲるタイプだったので、そうなるんだったら全然いいです。頭頂部から輪が広がるようにハゲるのだけはなんとか阻止《そし》したいです。ハゲたらどうしたらいいですか。おじいちゃんはハゲはじめた時どういう風に自分のメンタルを保ちましたか。そしておばあちゃんはどんな気持ちでその過程を見つめましたか。俺の将来のお嫁さんはハゲを肯定してくれる人でしょうか。不安です。これからもよろしくお願いします。

墓地を後にして家まで帰った。途中腹が減ったので、鰻屋に寄った。大盛りをガッガッと食べていたら、なんだか元気になってきた。

昔から、葬式や墓参りをした後にはなぜか元気が出る。死に直面した後は、気持ちが「生きねば」と自然にポジティブになる。その仕組みはいまだによくわかっていないけど、それが長く生きるためのヒントなんじゃないかとも思っている。

アルバムの曲づくりの締め切りは刻々と近づいてきている。何処かに逃亡したいが仕方ない。とりあえず、次のアルバムには墓参りの曲が入ることになるだろう。安直だが、それもいいのだ。ものづくり地獄にはまりながら、今日も一日頑張ろう。

マンガとアニメ

やめられないものはたくさんあるけれど、ことマンガとアニメに関しての「やめられなさ」はその最たるものだ。こうして文章を書く仕事をしているのに活字を読むのは苦手で、昔からマンガばかり読んでいた。芝居をする役者であるにもかかわらず、今も暇さえあれば映画やドラマよりも、アニメのブルーレイボックスを購入し鑑賞している。なぜやめられないのか。その説明を、「どれだけ芸術的か」「どんな表現にも負けない力があるか」という、文学や映画など別の表現と比べて讃える論調で表現するのではなく、もう少し自分の気持ちに正直に展開してみたい。

小さい頃からつまらない生活に現実逃避ばかりしていた子供だったので、創作の世界にのめり込むのは簡単だった。時には入り込みすぎて何処からが現実だかわからなくなり、不思議な言動を起こし周りから気味悪がられた。

小学校低学年の頃は『コロコロコミック』や『コミックボンボン』に夢中だったが、90年代に突入し小学校高学年になると、ふと本屋で手に取った富士見ファンタジア文庫から出ていた『スレイヤーズ！』という作品に夢中になった。小説だが可愛いアニメ調の挿絵が数点あり、その時はまだライトノベルと呼ぶとは知らなかったが、つまりそういう類いの中高生向けの軽小説だった。

文章を読むのは変わらず苦手だが、性の目覚めが早かったためにその挿絵の可愛さにまず読む気にさせられた。多少お色気描写もされていたが、小説だしページさえ開かせなければ親にもバレないだろうという作戦もあった（後に友達が遊びにきている前でそのページを親に見せびらかされ、酷《ひど》く恥をかいて作戦は失敗に終わった）。そして何よりストーリーが面白かった。

その後富士見ファンタジア文庫の母体であるライトノベル雑誌『月刊ドラゴンマガジン』を読みはじめ、後に同じ系列のコミック誌である『月刊コミックドラゴン』の読者になった。周りの同級生が『週刊少年ジャンプ』に夢中になっている頃、ひとり『月刊コミックドラゴン』に夢中になっていた。その頃はまだ「萌え」という言葉がなく、自分の中からわき上がる「わけがわからない愛しい感情」に振り回された。そしてその感情になんとなく恥ずかしさを感じるようになる。当時の星野少年に言ってやりたい。それはただの「萌え」だ。別に変じゃない。オタク的だというだけで普通の感情なのだと。

その頃小学生でオタクというのは（むろん小学生でなくとも）社会的弱者であった。宮崎勤の連続幼女誘拐殺人事件が世間を恐怖のどん底に陥《おとし》れて間もない時期で、「犯人はオタク」と過熱報道されたため、当時のオタクたちはかなりの迫害を受けた。そして自らをマニアとまではいかないまでもオタクだろう、と認識していた幼い頃の自分は、まだ自我が形成される前だったばかりに、そのゼリーのように柔らかいメンタリティーは殺人犯と自分を混同し「自分は人と比べておかしいのではないか」「間違った人生を歩んでいるのではないか」「自分もああいう風に人を殺してしまうのではないか」という強烈な不安に苛《さいな》まれ、自分で自分を否定しはじめた。今ではそれが「ただ自分が好きなものを求めていただけの純朴な少年」だと冷静に判断できるけど、その時は幼いながらに道を踏み外したと感じ、深いトラウマとなった。

犯罪以外で道を踏み外したと感じるほとんどのことは、踏み外したのではなく、自分が「真っすぐだと感じる道」と社会や環境が指し示す「真っすぐな道」がただ違うというだけだ。世間が「あんた曲がった考え方をしてるね」と言う時は大抵、思考が曲がっているのではなく自分の中の「真っすぐの考え」が周りの「真っすぐの考え」

とズレているだけなのだ。

中学に入り少し世界が開け同じ趣味の同級生や先輩が現れるも、トラウマからそのオタク趣味を隠すようになった。無理に周りの一般的な趣味に合わせて知ったかぶりをし、友達としてふるまった。そのうちの幾つかは本当に好きなものとなり自分の中に残った。

得たものもあったが、その時僕は本心とは違う「曲がった考え」をしていた。アニメやマンガを好きだと真っすぐ言える友達を見た時、その趣味が一般的でないと馬鹿にした。自分はそう堂々と宣言することができない臆病者だと自覚するのが恐ろしくて、最低な僕は本当の意味で道を踏み外した。

それから数年経ち成人したある日、本屋のパソコン雑誌のコーナーに自分はいた。心臓が高鳴る。気が付くとある本を手にレジに走っていた。もう限界だ。自分に嘘をつくのは限界なんだ。家に帰ってその雑誌を広げた。『パソコンパラダイス』だった。『パソコンパラダイス』はアダルトのパソコンゲームを誌面全体で扱った初のアダルトゲーム専門誌で、そこには素晴らしいＣＧやイラストが満載だった。

もちろんそれは一般的な性嗜好ではなく、社会からは徹底的に馬鹿にされる対象物であった。でももう誤魔化しきれないのだ。俺はこれが好きだ。生身もそりゃあ好きだが可愛い女の子をイラストにしたものはもっと好きだ。これがないとやってられないのだ。エロに限らず、マンガもアニメも実際の人間が演じる物語より、人間らしさを感じてしまうから好きだ。人がオタクになることに理由などない、気が付けばなっているものだ。僕はアニメやマンガが、そして二次元のキャラクターが好きだ。ただそれだけだ。

その日、『パソコンパラダイス』を読みながら泣いた。いや、実際本当に泣いたかどうかは憶えていないが、涙目になり、心の中で泣いたのだけは確かだ。もう人が好きだというものを馬鹿にすることは決してするまいと心に誓った。

あれから十数年。オタクカルチャーの産業は巨大化し、今や渋谷の駅前にアニメ映画の看板がでっかく展開され、コンビニにはアニメコラボ商品が並び、音楽チャートにアニメ主題歌やキャラクターソングが連なり、CMで萌えキャラを見ない日はなくなり、ネットスラングは社会に浸透し、ヴァーチャルアイドルは市民権を獲得した。マンガ、アニメが好きという主張は一般的になった。

こんな時代が来るとは思わなかった。いいぞ、もっとやれ、と思いつつ、今はオタクカルチャーと経済利用を含めた社会の示す真っすぐな道が重なっているに過ぎないのだとも感じる。この陰で、新たに迫害されるものもたくさんあるだろう。

まだあまり人が知らない、もしくは特殊な何かを指して「○○が好きだ」と言うと、「知らない」だの「ダサい」だの「だからモテないんだ」等と言われ、自分の存在自体が否定されていると感じ、つい隠したくなってしまう。いつの時代もそういうことを言う輩《やから》はいるものだ。そいつらはただ時代に流されているだけで、一旦ブームが来てしまえば「前から気になってたんだよね」等と言いながらすぐに寝返るだろう。

もし、自分にとっての真っすぐな道が周りとズレていて悩んでいる人がいたら、一度道を踏み外した馬鹿が言えることはただ一つだ。

飽きたならすぐに止めればいいが、好きなのなら、止めるべきではない。

酒

酒が飲めなくて悲しい。

その昔、マーティン・デニーという音楽家がいた。１９５０年代から60年代に世界的に流行したエキゾチカという音楽ジャンルにおける中心人物だ。非常に大雑把に説明してしまうと、エキゾチカとは南国のジャングルの映像のバックで流れてそうな感じかつ、額に宝石みたいなものを貼り付け、パレオを巻いてクネクネ踊るエキゾティックな女性がいる場所で流れてそうな音楽を想像していただければそれである。大雑把すぎるが。

使用されている楽器も、奴隷として連れて行かれたアフリカ人が南米で発展させたマリンバ（木琴）や、主にラテン音楽で使用されるギロやコンガ、バードコールと呼ばれる鳥の鳴き真似などを特徴的に駆使し、そういった民族音楽的な音色や音階を、ジャズの理論や楽器構成を下地に再構築したのがエキゾチカである。

マーティン・デニーは、作曲家、編曲家、ピアニストとして、それらのマニアックになりがちな民族音楽的要素をポップなものとして昇華させ、様々な人が楽しめるものとして多くの曲を世に送り出した。

高校生の頃、僕は細野晴臣さんのアルバム『泰安洋行』に夢中になった。ニューオーリンズや沖縄音楽、ロックや歌謡曲、いろんな音楽ジャンルが絶妙に溶《と》け合い、それまで聴いたことがない音楽がそこにあった。その混ざり合った様々なジャンルの中でも主軸に位置していたのがエキゾチカである。細野さんもマーティン・デニーに影響を受けた一人で、のちに「マーティン・デニーをエレクトリック・チャンキー・ディスコでやる」というアイデアを元に「イエロー・マジック・オーケストラ」を結成し、日本だけでなく世界中の音楽に影響を与えることになる。

『泰安洋行』の中で多用されているマリンバはとてもカッコいい。当時商品化されておらず、裏ルートで見ることができた「伝説の中華街ライブ映像」内での細野さんのマリンバ姿は本当に素敵で、それを見て後に自分もマリンバを購入し演奏することになった。

高校卒業後、『泰安洋行』をきっかけにエキゾ関連のCDやレコードを集めはじめ、そこからマーティン・デニーを知り、また夢中になった。

その中でもひと際異彩を放っていた曲と出会う。日本の音頭のようなイナタい手拍子のリズムに、ダビングしたカセットテープが伸びるが如くもたったロックドラムス、それに三味線（らしきもの）とマリンバが主メロを奏でるという、カッコいいことはカッコいいのだが、冗談音楽とまではいかないまでも少し笑ってしまうような音楽だった。その曲のタイトルは「SAKE ROCK」。

その後高校を卒業して大学受験にも失敗し、フリーの役者として舞台のオーディションを受けたりしていた頃、それまで趣味で弾き語りや作曲をしていたが一度もやっていなかった「自分のバンド」を組んでみよう、と思い立った。あまり親交はないものの「この人と一緒にやりたい」と思った同じ高校出身のピアニスト、ドラマー、ベーシストを集めて結成した。

僕はそのバンドだけだったが、どのメンバーも他にたくさんのバンドを掛け持ちしていて、自分以外のみんなにとっては4番手くらいのバンドだった。僕は歌を歌いたい気持ちもあったけれど度胸がなかったので、自然とインストゥルメンタルグループになった。そうやってスタートしたのが「SAKEROCK」である。

初めは『泰安洋行』のような音楽を作りたいと思っていたが、早々に難しいことがわかったので、もっと大雑把な「今までにない音楽を作る」という目標にシフトした。とにかく面白いことがしたかった。当時インストバンドと言えば大抵カッコつけたものだったが、ふざけたこともできるようなバンドにしようと思った。その後トロンボーニストが加入したり、メンバーが脱退したりして紆余曲折あり、今に至る。

もう10年以上も活動しているが（2015年に解散）、その間いつも言われてきたことがある。飲みの席で酒を勧められ、自分が下戸でまったく酒が飲めないことを説明すると、ほぼ100パーセントの確率で皆こう言うのである。

「サケロックなのに（笑）」

ああ、うぜえなあ。

要するに、別に酒が好きでこのバンド名にしたわけじゃないのに、何度も言われてうるさいのでいっそのこと飲めるようになりたい、という話である。

以前、『共感百景』という、芸人さんが多数参加する大喜利イベントに呼ばれて出演し、優勝したことがある。その打ち上げに参加した時、同じ出演者だった東京03の豊本明長さんの誕生日が近いというので、なぜかケーキではなくデカい杯に入った日本酒がふるまわれた。様々な芸人さんが飲んでは隣に回し、徐々に自分の方へ近づいてくる。どうしよう、断るのもカッコ悪いし、かといってポン酒など飲めるわけがない。

ウジウジしてたらいつの間にか両手には杯が載っていた。少しパニックになり「早くこの酒を手放したい」とつい勢いでグビグビグビ、と三飲みしてしまった。

そこから怒濤の嘔吐《おうと》が始まるのである。くさい便器に顔を突っ込み、今まであまり吐いたことがないのでうまく吐けず、「ぼえええええ」という胃が捻《ねじ》れるような嘔吐《えず》きを繰り返し、あまりに嘔吐物《おうとぶつ》が出てこないので、洗面台に戻って水をたらふく飲み、それを利用してなんとか吐いた。

少し楽になって席に戻ると、別の出演者であるよゐこの有野晋哉さんが席を立ち、トイレに入っていく。その様子を見ていたらまた気持ち悪くなり、トイレに駆け込むと有野さんの嘔吐きが個室から聞こえた。

飲み会の席では有野さんは至って普通だったのに吐いている。なんだか芸人の悲哀を感じてしまった。いったい人はなんのために酒を飲むのか。そこから二人で一つしかない個室の奪い合いをした。もう、あんなことは御免なのである。ああ、酒が飲めなくて悲しい。ただ、それだけ。

台湾に行く

海外。行ったことがあったのは、小学3年生で家族と一緒のハワイと、高校3年生の修学旅行で行ったオーストラリアの2ヵ所だけ。なんだ結構いいとこ行ってんじゃん、と言われることもある。

ハワイに行った当時は小学生で、学校生活に疲れ自閉していった時期であり、海外を楽しむ余裕もまるでなかった。快晴の中、海にも行かずホテルのプールに風呂のように浸かる息子。アラモアナショッピングセンターは人が多くて嫌だと部屋に引きこもる息子。せっかくのハワイなのにそれに付き合わなければならなかった両親には、申し訳ない気持ちでいっぱいである。

修学旅行でオーストラリアって生意気、とお思いかもしれないけれど、まったくエンジョイできなかったのでご安心を。当時片想いしていた女の子がオーストラリアを選び（旅行先を海外、国内の数ヵ所から選べた）、海外なんて面倒な場所行きたくないが、その娘と一緒なら何処へでも、という想いで同じコースにしたのに、行きの飛行機の中でその娘に彼氏がいることがわかり、その男も同じ班だと知る。旅行中の1週間、その子と彼氏がイチャイチャしてる現場を見たり、夜中ホテルでその二人がイチャイチャしているであろう雑念に悩まされながら満天の星を見上げ、虚無の境地を見たりと、何一ついいことはなかった。

そんな苦い思い出から13年。とうとう実現した久しぶりの海外は、日本にとても親切にしてくれたあの台湾だった。ファーストアルバム『ばかのうた』の台湾盤が先日リリースされ、そのプロモーションで呼ばれて台北でライブをするという仕事だ。オファーされて海外に行くという行為の屈託のなさ。観光目的で行ったが移動が億劫になり、結局どこへも行かず後ろめたさだけを募らせる旅行のようなことにもならない。ちゃんと行く意味がある。自閉ハワイとか、失恋地獄オージービーフ旅より何百倍も行き甲斐がある。

現地で迎えてくれたのは中学の初恋の相手に似た女の子クリスティーと、黒ぶちメガネを掛けた善人顔なのに耳にはギラリと光るデカいピアス着用という妙なコワモテ感を出す男性ウノ。どちらも台湾人で『ばかのうた』を台湾でリリースしてくれたレコード会社の人たちだ。二人とも日本語が上手く、常に通訳してくれたおかげで道中とっても楽だった。

台湾人のほとんどが本名とは違うニックネームを持っていて、日常はそれで呼び合っている。クリスティーに本名を聞いたら「ダサいから教えたくないよ」と恥じらっていた。役所に提出するわけでもないただのあだ名なので基本的にどんなものでもいいらしい。台湾版ヤフーの取材でインタビューしてくれたライターは自分を「桜井です」と名乗っていて、なんでだろうと思ってたら「ミスチルの桜井さんが好きなので」というすごい理由だった。

飛行機を降りると一発で異変に気付いた。エアポート内にいる台湾人の女の子が軒並み足を出しすぎなのだ。日本と比べてもその数が違う。ほとんどの女子がタイトミニかホットパンツを着用している。気温が高いというのもあるけど、非常にけしからん。足フェチなので一歩進むたびにすれ違う太ももに顔を埋めたい衝動に駆られ、空港から外に出るだけでポワーンと幸せな気持ちになった。

ホテルに着いてテレビをつけてみると、いきなり美容バラエティ番組で女の子たちがランジェリー姿で戯《たわむ》れていた。昼過ぎである。日本で言う『ごきげんよう』の時間帯だ。小堺さんがランジェリー姿でサイコロを振り「ナニが出るかな」と歌うようなものだ。スケベすぎる。台湾の性事情はどうなってるんだろう。

ウノさんに聞いてみると、台湾では国産のアダルト本やAVはまったくないらしい。日本みたいにコンビニなどに表立ってエロ雑誌は置かれないと言う。確かめに行ってみると、水着が載っている雑誌がコーナーの隅っこの小さい小さいスペースに後ろめたそうに陳列されていた。なるほど。表向きポルノとして股間や乳首を出せない代わりに、余計に日常がセクシーなんだな。

ライブ会場に移動し、ウェブニュースサイトの取材とリハーサルを行う。インタビューしてもらった女の子はずいぶんオシャレで隙がまったくなかった。というかコンビニで見た日本のファッション誌の表紙そのままだった。この国では服装に限らず、テレビ番組や商業施設においても、日本で生まれた文化が日本より完成度が高く、そして自由で幅広く展開されてる印象を持った。日本だったら「雑誌そのまま」でさえも批判の対象になるというのに、堂々と着ているからイヤミじゃない。台北の街は渋谷みたいに混んでいるのに窮屈さはなく、台南には行ってないのでこの国の全部はわからないけど、とても大らかな場所だと思った。

日本とあまり変わらない風景。寿司屋がやけに多く、吉野家だってサイゼリヤだってある。コンビニも街で見かけるのはセブン-イレブンかファミリーマートだ。テレビも「アナログ放送終了まであと14日！」とでっかく映ったNHKのチャンネルが普通にあり、自分も出演した『ゲゲゲの女房』が放映中。日常会話で日本のドラマの感想が飛び交う。生まれた時から日本の文化があるから、字幕がなくとも楽しめる教養の土壌ができている。

この違い。静かに打ちのめされてしまった。なぜ自分は今までこんな風に素直に日本を楽しんでくることができなかったのか。性格的なものか、それとも国全体のムードだろうか。「この国が好きだ」と発言することに対して後ろめたさを感じるような教育を受けたせいもあるかもしれない。どちらにしても人の目を気にするのが普通だ。

もちろん台湾には日本だけでなく世界中の文化がひしめいている。夜市など、自国の文化だって衰退せずにいまだに若者が押し寄せる。様々な文化が混ざり合っているのは日本だって同じだが、ここまで素直に楽しめているだろうか。たとえばスターバックスコーヒーが好きになり、毎日通った場合「お洒落ぶっていると思われるんじゃないか」と後ろめたくなったり、他人に馬鹿にされたことはないか。iPadが発売された当時、電車の中で使っている人を見て「これ見よがしに自慢してる」と心の中でバカにしたことはなかったか。本当は素直に楽しんで何も問題ないはずなのに、いつも後ろめたい。常に監視し監視されている気分だ。

きっと台湾にだって数日滞在した者ではわからないこともたくさんあるだろう。長くいたら日本のそれと変わらないと感じるかもしれない。だけど新参者としてこの国を観た時に、「こう思われるんじゃないか」という不安はないように見えた。そして、特に日本の文化を素直に楽しむという点においては完全に負けてしまっていると思った。それはなんだか悔しいというか、こっちだってもっと楽しみたいじゃないか。

ライブはとても盛況だった。みんな行儀よくちゃんと聴いてくれるし盛り上がってもくれる。日本語の冗談にも声を上げて笑ってくれる、この知識と懐《ふところ》の広さよ。もっと頑張ろう。より面白いことをして、ファンの人たちや、この国の人たちを、さらに楽しませられるようになりたい。また来るぞ台湾。

『エピソード』

セカンドアルバム『エピソード』が発売され、とにかくホッとしている。誰のせいでもない、とてもナイーヴで、ナイーヴすぎてここには書けないトラブルが発生し、パニックになりながら這々《ほうほう》の体《てい》でたどり着いた作品完成だったからか、腹を痛めて産んだ我が子が成人して独り立ちするかの如く嬉しい。実際の痛みはわからないけど、きっとそんな感じだと勝手に思う。

もう少ししたらこの子は聴き手という嫁をもらい、感想という孫を連れてこのジジイの元にやってくるはずだ。我が子の育て方がよかったのか、間違っていたのか、そこである程度わかる。どんな反応があるのか怖い部分もあるけど、それと同時に、やっぱり嬉しい。無事に巣立っていったんだもの。

2011年の3月中旬から曲づくりを始め、アレンジを考え、メンバーを集めてバンドリハを重ねレコーディングをし、初めての海外マスタリング作業を経ての完パケが7月末。いつものことながらセルフプロデュースというのは考えること、やることが多い。今回の制作期間はトラブルが多かったから納得いく作業が思うようにできず、文字通り地獄だった。少し大げさな言い方だけど、表現や作品づくりには嫌と言うほどついて回るやっかいなもの、それがこの「ものづくり地獄」だ。

「ものづくり地獄」とは、作っても作っても満足できない制作作業のことを言う。たまに「これはすごいものができたぞ」と思えても、しばらくすれば「まだまだ」「さらにすごいものを」と求めて彷徨《さまよ》い繰り返す。今回も今は達成感でいっぱいだけど、何カ月か経てば「もっとこうすればよかった」という想いがマグマのように溢れ出てくるはずだ。

簡単に言うとクリエイティビティの追求なのだが、そんなお洒落な言葉よりも「ものづくり地獄」の方が、毎回ストレスとプレッシャーで押しつぶされながらも笑顔でゲロ吐きながら作ってる「楽し辛い」感じがしてぴったりである。

この無間《むげん》地獄、いつ終わんのかな。

小さい頃から、死んだらどうなるんだろうとよく考えた。天国などないのは子供心にわかっていたけど、地獄はある気がした。怖くなってそれとなく頭良さげなクラスメイトに聞いてみると「人は死んだら無になるんだぜ」と粋な回答。だけど「無」ほどわけがわからなくて怖いものはない。結局その日も布団の中で眠れなくなって、窓から漏れる月明かりで『つるピカハゲ丸』の単行本を読み、くだらないギャグで気を紛らわした。

人はどこから来てどこへ行くのかという問いはベタではあるけど永遠の謎で、答えは死んでみないとわからない。けど死んだら無になるから結局わからない。答えは出ないので考え続けるしか、生き続けるしかない。それはものづくりも一緒だ。答え＝死なのと同じで、満足＝引退だ。本当に心の底から満足してしまったら、私の音楽人生は終わるだろうとぼんやり思う。

本当は満足したい。「もう思い残すことはない」と一言いい残してかっこよく去っていきたい。だって、音楽をやる人なんて山ほどいるんだもん。

どんな音楽も、お店で並べられてしまえば平等だ。たとえジャンルが違っても、アイドルだろうとシンガーソングライターだろうとインストゥルメンタルだろうと比較されて当然。CD屋に行く度に、そのあまりに多様な品揃え、競争率の高さに「自分がやってる音楽に意味なんてあるのか？」「別にいま辞めても誰も困らない」と途方にくれ、AKB48が爆音でかかってる店内で、答えのない問いを一人繰り返してしまう。だったらせめて他人の評価じゃなく、自分の中だけでも満足いって、清々しい気持ちで「もう十分」と言えたらどんなに楽か。

でも自分の性格上、いつまでも永遠に完璧な満足を求めて、繰り返し作品を発表し続け、そのまま死んでいくような気がしている。しかし、だからこそ、ものづくり地獄の住人だとも言える。

AKB48の「フライングゲット」が一日に102万枚の売り上げ。しかも発売日前日の文字通りフラゲだけで102万枚。おいおいスゲーな畜生。そうさ、そんなの俺みたいな奴がいくら楯突いてもかなわないさ。え、なんだって？　そもそもジャンルが違うんだから、比べる必要ないし、戦おうとするだけ無駄だろって？

無駄なことだと思うだろ？　でも、やるんだよ！（©根本敬）

「一部の人だけ聴いてくれればいい」なんてつまらないことは死んでも言わない。「どんな方法でもいいから売れたい」なんて恥ずかしいことは死んでも思わない。自分が面白いと思ったことを満足いくまで探りながら、できるだけたくさんの人に聴いてもらえるように努力する。それが我が地獄における、真っ当な生きる道だ。生きるとは、自分の限界を超え続けることであり、生きるとは、死ぬまで諦めないことである。

そんな「星野観光プレゼンツ・地獄見学ツアー」への入り口としてふさわしいアルバム『エピソード』を、どうか皆様ひとつよろしくお願いします。

ぽっちゃり

食欲の秋だというのに、ダイエットをしなければならない。下がる気温に食欲は増すばかりだが、出演する連続ドラマ『11人もいる！』における自分の役・真田ヒロユキという男は、貧乏で運が悪く可哀想なダメ人間という設定なので、太っていたくないのだ。丸々と満たされている風貌より何処か不健康そうな見た目にしたい。そんな中での食欲vs役作り。ダイエットしているけどつい食べちゃう。酒が飲めない代わりに食欲は旺盛で、この衝突によって生じる熱量をなにか有意義に使えないものだろうかと思案する。

たとえばスウェットパーカーのフードの内側にある奥っちょの部分。冬が近づくにつれ、空気が触れにくいその部分は、室内で乾かすと生乾きになる。そこをピンポイントで乾かしてくれないか。最近雨が多いから外に干すわけにもいかないし。それくらいのエネルギーは生まれてくれてもいいじゃないか。

だってすごく戦ってるんだもん今。チキンナゲット食いたいのだ。その度に己の暗黒面に引きずり込まれそうになりながら、必死に違うことを考える。レタスとか。レタスのこととかを考える。

「ナゲット食べたい」

「レタスにしなさい」

「じゃあポテトのLサイズはどうだ」

「あれは野菜と見せかけてほぼ油だ」

そんな心の天使と悪魔の争いで、私の体温は確実に一度は上がっているはずだ。日本中で行われているダイエットの精神エネルギーを一ヵ所に集めれば、一昔前にタイムスリップできるくらいの力にはなると思われる。

今これを読みながら呑気にプリンとかを食べてるであろう読者の皆様、なんと今年はサンマが豊漁らしいですよ。この間サンマの刺身を食べましてね、近所の蕎麦屋で。松茸の網焼きと一緒に。どちらも美味しくて松茸食べ終わったあと、つい出来心でサンマの刺身を網にのっけて炙《あぶ》ってみたわけです。それにわさび醬油をつけて口に運ぶと、もうね。最高ですよね。

皆さんは気付かなかったと思うけれど、今「もうね」と「最高ですよね」の間にカップラーメンを1個食べた。サンマの話書いてたら腹が減ったのだ。でも欲求としてはサンマ、つまり和食モードだったようで、カップラーメンが合うわけもなく、途中で「カップラーメンなんて食べたくないのに、何故食べているんだろう……？」と記憶喪失風シチュエーションを楽しむハメになった。何やってんだ私は。

この憤《いきどお》る感覚に性別は関係ないのだろうか。私は男女問わず、行きすぎた過剰ダイエットには断固反対だ。いや、実際その人がすごく太っていて「痩せたい」と切実に思っているならむしろ偉いと思うし、心から応援したい。だが「頼むからこれ以上痩せないで」っていうくらい細くてもダイエットするでしょう一部の人たちは。

私はぽっちゃりした女性が好きだ。以前ラジオ番組に、「とある男にぽっちゃりが好きだと言われ、その基準を尋ねたら〝安めぐみ〟と答えられて、女子として大変遺憾である」という怒りのメッセージが送られてきたことがある。

怒るのも当然である。安めぐみさんは完全なる「痩せ」だ。あれをぽっちゃりと言ってしまったら、この世のほとんどの女子が肥満体質になってしまう。それはそう答えた男が悪い。痩せではなく肥満でもない、絶妙にふっくらとした体型、それがぽっちゃりだ。しかし問題はここからで、そのメールの文末にはこう書いてあった。

「私の思うぽっちゃりの基準は森三中です」

震えた。それは、お前ちょっと甘えすぎだろう。森三中の皆さんをぽっちゃりと言ってしまったらこの世のほとんどの人がガリガリだ。その旨をラジオで喋ると、後に「星野さんひどい！　森三中は可愛いです！」というメッセージが数人から届いていた。一見普通の抗議メールに思えるが、ここでは微妙に議論対象のズレが発生している。

つまり、私にとってのぽっちゃりとは「痩せでもなくデブでもなく絶妙にふっくらした体型」のことをいい、彼女たちにとってのぽっちゃりとは、「太っていても可愛らしい女子」というまったく別のものを指しているのだ。さらにこれに、「ムチっとした肌感の安めぐみのような女子」のことを指す、メールの女性を怒らせた男の説も加わってしまうと、ぽっちゃりの定義について、ここだけで少なくとも三つの説があるわけだ。この差を認めずに、ただ言い争っても答えが出ないはずである。

ここはひとまず私の定義で話をさせてもらう。もちろん「太っていても可愛い女性」はいるし、「太っていながら身なりに気を使い、お洒落で魅力的な女性」だってたくさんいる。ただ、それを強引に「可愛いから太ってない」とするのは乱暴ではないか。

「可愛さ」は「ぽっちゃり」という概念の中に含まれない。その絶妙な体型を見た時に「フェティッシュ」な感情が、ある特定の層にわき上がる、というだけだ。デブであろうとガリガリであろうと、それこそぽっちゃりであろうと、可愛い人は可愛いし、可愛くない人は可愛くない。そして可愛かろうが不細工であろうがデブはデブだし、ぽっちゃりはぽっちゃりなのだ。

想像するに、その男的ぽっちゃり解釈に怒る女子には、「太っていても可愛らしい女子」として「ぽっちゃり」を表現すれば、自分の痩せきれない後ろめたさを軽減することができ、ダイエットせずとも自分の受け入れ先（ぽっちゃり需要）ができたと思えるという利点があるのではないか。故にそのユートピアを破壊してくる「安めぐみ系男子」に牙を剝《む》くのではないか。

しかし、それとは別の大きな理由として考えられるのは、対男子ではなく、難しい女性同士の関係において、親友ならばお互いの体型のことをディスればディスるほど友情は深まっていくだろうが、そうではない関係の、たとえば同じクラスや職場の女友達に対して、通常であれば「○○ちゃんって可愛いよね」等の挨拶代わりの発言をしなければいけないところを、「〇〇ちゃんてぽっちゃりで羨《うらや》ましい」と「太っていても可愛らしい女子」の定義で表現すれば、「可愛い」という褒《ほ》めともなり、「デブ」とは口が裂けても言えないストレスを間接的に発散し軽減させ、「可愛いよね」と発言するほど必要以上に嘘をつかずに心が荒れなくて済むという利点があるのではないか。故に、異性である男への目線として使うのではなく、「同性に対して使う」方向で言葉が進化していったのではないか。考えすぎか。

男は呑気に体型の話でキャイキャイしているだけだが、女性にとっては厳しく神経をすり減らす女同士の社会でなるべくストレスを抱えずに過ごす知恵なのかもしれない。そう考えれば、無理に反論する気もなくなり、大変だなあと敬礼したくなる。

とはいえ、物事をなるべく真っすぐに考えると、デブと可愛いはまったく別次元の問題にした方が健全だとやはり思う。それは、恐らくプライドを持ってデブを維持している、森三中の皆さんにも大変失礼な話である。あのお三方は、超面白くて、しっかりとデブで、かつ可愛いのだ。

私たちは男と女のぽっちゃりの解釈に差があることを認めなければいけない。そして、この3人を引き合いに出し、デブとぽっちゃりの境界線をうやむやにするのももうやめよう。安めぐみさんのムッチリボディを「ぽっちゃり」と表現してしまうような感性の低い男のことは無視しよう。

森三中の皆さんは、「女芸人は下ネタやリアクションで笑いを取れない」というジンクスを見事に打ち破ったパイオニアだ。さらに「面白い女芸人」に対して今まであまりあり得なかった付加価値として「可愛さ」までも手に入れたのだ。恐らくそれには相当な努力があったはずだ。見た目で笑わせる面白さだけでなく、お洒落な服装をしていても「芸で笑わせる」ように試行錯誤も重ねたはずだ。森三中の皆さんを見て爆笑しながら、その努力に対して心の中で最敬礼する。やはり努力は大事だ。

なんだか考えすぎて腹が減り、書いている途中でカップ春雨を食べた。カップ春雨って、カロリー少ないから安心して2個食べてしまうのはなんなのだろうか。努力ってキツいわ。

『11人もいる！』

連続ドラマ『11人もいる！』を撮影中。物語は大家族もので、脚本は宮藤官九郎さん。主演は神木隆之介くんだ。神木くんとは2007年に『探偵学園Q』というドラマで共演させてもらって以来。子役出身の俳優は「幼い頃から芸能界のいろいろにまみれていそう」という偏見で将来を心配される傾向にあるけど、神木くんは奇跡的なほどに純粋な青年に育っている。

朝、現場に入ると「源さーん！」と目をキラキラさせ、手を振りながら走ってくる神木隆之介。撮影が終わると「源さん、お疲れさまでした！」と笑顔で敬礼する神木隆之介。いかがですこれを読んでいる神木くん好きの皆さん。羨ましいであろう。ナチュラルに敬礼する人なんて初めて見た。本当に楽しい現場なので撮影自体も楽しみで仕方ないけれど、神木くんのキラキラを味わう喜びも格別なものである。

休憩時間に二人で世間話をしていると、ラジオで毎週下ネタばかり言っている自分まで純粋になったと錯覚しそうになる。今日も、もうすぐ卒業するという高校でのバスケやテストの話を聞いて、普段住んでいる自分の世界とあまりにかけ離れたその内容に、たまにふと我に返り死にたくなる瞬間はあるが、話していていつまでも飽きずに楽しい。

神木くんには、いつも友人と、もしくは一人でも行くお決まりの遊びのコースがあるという。へえ、今度連れてってよ、となんの気なしに言うと「源さん！　一緒に行ってくれるんですか⁉」と目を輝かせながら腕を握ってきた。

数日後、実際に二人で遊ぶことに。待ち合わせはとある駅だ。歩いていくと遠くに手を振る神木くんがいた。

「源さーん！」

神木くん、そんな声出したら二人のことがバレて目立ってしまうじゃないか。帽子をかぶって装ってはいるが、一発で神木くんだとわかる見た目だ。もしやこの男、隙だらけだな。しかしそこがまた現場の人間全員から好かれる所以《ゆえん》だとも思う。純粋な真っすぐさを持ち、人気者で、かつ隙だらけ。完璧じゃないか。

「まずはボウリングに行きましょう！」

クラクラした。真っ当すぎる。神木くんはもうすぐ19歳だが、中学生のような真っ当さである。ボウリングなんて久しく行ってないと思いつつ、気が付いたら3ゲームもしていた。楽しい。ストライクを出し、ハイタッチをする。

「源さんやりますね！」

ありがとう。もう肩が痛くて仕方ありません。

「カラオケ行きましょう！」

目眩《めまい》がした。女子高生か。一人でこのコース行ってるって素晴らしい。神木隆之介ぼっち説……いや、一匹狼説。しかしまたそれも日本中の人から好かれる理由だろう。ここまで芸能界ズレしていないスター俳優と会うのは初めてだ。どんな芸能人でも、男女関係なく群れを作り遊んでいるというのに。

お気に入りの歌を振り付きで歌い踊る神木くん。それを爆笑しながら応援するオッサン。こうして眺めていると、神木隆之介の青春というものは、他のいわゆるリア充と呼ばれる類いに属する若者のそれと一見似たように思えるが、ハッキリと違う。共同体ありきで選択しているわけではなく、個人でそれを発案し選択している。しかも劣等感からの開き直りではなく、ルサンチマンの解放でもない。群れに属することもしないが他人を遠ざけることもない。ただ自分が決めたことを、選んだことを生きている。それだけだ。とても輝いて見える。

それはきっと、芸能界というねじ曲がった社会構造に大抵の人が飲まれてしまう中で、自分の足でしっかり立つことを選び、確立した男の輝きだ。

私はどうだろう。自分の足で立ち、しっかりと選択できているか。今はできているつもりだが、神木くんの歳と同じ頃の自分を想うと、どうしても無駄に過ごしてしまったのではないかと自責の念に苛まれる。他者に寄りかかり、何者でもない存在だった自分。しかし、それがいま『11人もいる！』で演じている役・真田ヒロユキのダメさと重なってくる。

このドラマの主軸となるのは大家族で、住んでいるのは両親と8人きょうだい。そして親戚で子供たちからは叔父となる男・ヒロユキが借金を抱え、ニートとなり居候している。ヒロユキは果てしなく無駄な存在だ。ただでさえ登場人物が多いのに、住む家を探すのが面倒くさいという理由だけで一家に寄生し、毎週これでもかと登場してくる。

最近はあまり見ないが、コメディ・ホームドラマには必ずと言っていいほど家政婦だったり居候だったり腐れ縁の友達だったり、本筋とは一見関係のない人物がやたらと登場していた。『時間ですよ』の悠木千帆（樹木希林）さんや堺正章さんしかり、『フルハウス』のジョーイやキミーしかり。

今、テレビドラマでは特に無駄を排除する傾向にあり、話数も全体的に少なくなっている。2クール（約24話）や3クール以上が通常だったものが1クールになり、全10話というのも最近は多い。『11人もいる！』も全9話と最初から決まっていた。だから本来は「余計な」エピソードや登場人物は削らなければいけないはずなのに、宮藤さんはどんどん無駄な台詞や要素を投入していく。

一般的なドラマ脚本と宮藤さんの脚本との違いで特筆すべきなのは、宮藤さんは説明台詞をあまり使わず、一見無駄な会話ばかりを使って物語をぐんぐん進めてしまうところだ。くだらないギャグに気を抜いてケラケラ笑って見ていると、いつの間にか物語は進み、感動し、泣かされていたりする。言葉巧みに冗談を織り交ぜながら最後には服を脱がせてしまうナンパ師AV男優みたいな人だ。

傾向として、コメディならコメディ、シリアスならシリアスとシンプルな物語の方が作品として増えてきている気がするけど、私はシリアスも笑いも恐怖もリアリティも、全部ない交ぜになっているものが好きだ。

現実の生活は、何も起こらないように見えて常に様々な要素が混在している。普通の人だって怒りながら涙が出て、そんな自分にちょっと笑ってしまったり、いろいろと矛盾して混沌とした感情をいつも抱えながら真顔で過ごしている。

そこには余計なものがいっぱいだ。何も起こらないのがリアルではなく、一見だらだら続いているように見える裏側でめまぐるしく事件が起こっているのがリアルなのだと思う。そんな様々な要素を笑いながら楽しめる作品に、しかも一番大事な「余計な部分」として出演させてもらえるのは、とても幸せである。

カラオケを楽しんだ後は、神木くんと二人で買い物をした。自分の趣味を相手に勧め合う。こうして守備範囲が広がるのはとても楽しい。そして今日遊びに連れてきてもらったお礼に晩ご飯をごちそうした。男同士の話をし、悩み相談に答え、頭を下げられるも、お礼を言いたいのはこちらの方だと思った。遊んでくれてありがとう。とりあえず自分にはカラオケにおける十八番がないことがわかったので、帰ったらもっと歌える曲を探そうと思う。

フィルム

眠れない。極めて普通に眠っている時間がない。

皆さん新年あけましておめでとうございます。でも正直まだこっちは11月末で、年末進行のまっただ中である。レコーディングやライブ、ドラマの撮影、エッセイの執筆、ラジオのパーソナリティ、今仕事になっているすべての活動が綿密に混ざり合って、片時も休まる時がない。嬉しいけれど、とても眠い。

まだまだドラマ『11人もいる！』は撮影中。今品川のとある公園でロケをしていて、撮影現場近くの神社の2階で子供たちみんなと一緒に開始を待っている。

自分の後ろではずっと、もうずうっと、共演者の柳沢慎吾さんが出演者とスタッフのみんなに向かって喋り続けている。1週間前、スタジオ撮影の時に話してくれた「1年前にあった面白い話」をもう一度、今さっき起こったかのようなフレッシュさで、身振り手振りを交えながら喋っている。しかしながら本当にテレビで見ていたままの明るい人である。慎吾さんが現場に来ると、どんなに寡黙《かもく》な人も話を振られ、心を持ってかれて楽しく会話に参加してしまう。

バラエティ番組に出演している時と一つだけ違うと思ったのは、慎吾さん以外の誰かが話している時、その人を見つめながら嬉しそうに「面白い、面白いねえ」と呟《つぶや》きながら聴いているところだ。バラエティで突っ込まれる時の「人の話を聞かないキャラクター」では決してない。

私も頑張ればこんな明るく社交的になれるだろうか。周りの会話に入れず、ひとりで夜な夜な自分にダメ出しを繰り返していた中学生から20代中盤までの自分と比べれば、今は人と話すのがとても楽しくなった。人の話をしっかり聞くことで会話が続く、という仕組みを理解できたのはつい最近のことだ。それまではなにか面白い話をしなきゃと考えて下痢。グループの会話に入らなきゃと考えすぎて下痢。以降、恥ずかしながら人と喋ることよりも、喋らなくて済む理由を考えることに熱を注ぎ、自分を正当化しようとしていたあの頃。今振り返るととてもダサい。そんな奴より自分が傷つこうがなんだろうが、ただ人とコミュニケートしたい、話を聞きたい、喋りたい、場を盛り上げたい、とウザがられようがどう思われようが率先して人と関わることをやめない人の方が、何倍もカッコいいと思う。

「スーパーニュース！　安藤優子です！」

後ろから慎吾さんの似てない物真似が聞こえてきた。この原稿を書いているパソコンを閉じて振り返り、キャスターの安藤さんはそんなに叫ばないですよと突っ込もうと思ったら、慎吾さんは既に撮影に行ってしまっていた。階段の下から「行ってきまーす！」という声が聞こえる。素早い。

ここ最近はこうやってドラマの撮影をし、帰っては新曲を書く日々。睡眠時間を仕事に割けたらどんなに効率がいいだろうと思う。とはいえ寝ないと死んでしまうので、2、3時間は眠りたい。でも布団でぐっすり寝てしまうと、翌早朝の撮影に寝坊してしまいそうで怖いから、机の前に座り突っ伏して頭の両脇に凶悪な音色と音量が出る目覚まし時計を二つ置いて体に毛布を巻きながら寝る毎日である。受験生。

なぜそんな状況で曲作りをしなければいけないかというと、3ヵ月後にセカンドシングル「フィルム」が発売されるからだ。この表題曲は映画『キツツキと雨』の主題歌で、今作っているのはそのカップリング曲。シングルなのに全5曲も収録しなきゃいけなくて（自分で決めたのだが）、スタジオ録音3曲に加え「ハウスバージョン」として自分の家でレコーディングした2曲を入れる予定で、それを今、急ピッチで進めている。

もっと明るい歌が作りたい、とずっと思っている。アルバム『ばかのうた』も『エピソード』も収録曲の歌詞のほとんどが「自分が主軸の歌」ではなく「誰かの物語」になっているのは、自分の言葉を歌詞にしてしまうと暗い言葉ばかり出てきてしまって嫌だったからだ。あまりに暗い歌は、聴いている方もどんよりとした気分にさせてしまうし、歌っている自分も苦しくなっていく。だから物語をでっち上げて自分と距離を置きながら歌っていた。

たとえば「子供」という歌は幸せそうな男女二人の歌だが、この登場人物は自分ではない。その時の自分とはかけ離れた想像上の人たちの歌だ。自分にそんな幸せは訪れないことを想いながら憧れを歌う。「くだらないの中に」も同じ。実際の自分とはかなり距離がある中で理想を歌いたかった。

そういった曲を作るのは短編小説を書いているようでとても楽しいのだけど、そればかり作るのも限界だと思っている。その曲を「自分自身を歌っている」と勘違いされても困るし、自分のその時の率直な想いを吐き出さないと後々ストレスも溜まってくる。明るい歌が作りたいのに吐き出る想いは暗いものばかりというジレンマ。それを越えて初めて自分の言葉で明るい曲を歌おうと決めて制作したのが、今回の「フィルム」だ。ノリノリの曲調ではないし、もちろん無闇にアッパーな歌詞もまだまだ書けないが、対極にある暗さを踏まえた上で、それでも前向きなものを求める歌になっていると思う。この曲のミックスを終え完成した時、『エピソード』の制作が本当に辛かったこと、そしてそこから抜けることができたという実感があり、泣いてしまった。今まで現場で泣くことなんてなかったのに。恥ずかしい限りである。

「うわー歯が痛い！　走りすぎて歯が痛い！　貧血、走りすぎて貧血！　ハーアハア！　参ったね！　ハアハア！」

慎吾さん急に帰ってきた。なぜ歯がと突っ込もうと思ったら「20メートル！　20メートル走った！」と叫び、床に派手に崩れ落ちた。そして笑っている私の顔を見て「面白い？　やった！」と嬉しそうにしている慎吾さんを見ていたら、いつの間にか眠気がなくなっていることに、ふと気付いた。

エロについて

エロについて一緒に考えてみないか。うしろめたさなど微塵《みじん》もない。人はエロいことをするから生まれてくる。

私はスケベだ。隠すことではないし、きっと死ぬまで興味が尽きないことの一つだと思うので、堂々と宣言したい。

どのくらいかというと、まだAmazonなどのネットショッピングが盛んになる前。欲しいAVを探し求めて街を彷徨えば、丸1日何も食べなくてもいっさい疲れずに延々と探し続けていつの間にか深夜になってしまうほどにスケベだ。むしろ探索の集中力が鈍るからご飯など食べたくない。

ちなみに好んで鑑賞する映像作品の条件としては、以下が挙げられる。

・暴力的でない。
・女優さんが楽しそうである。
・男優さんが過剰に画面に映ろうとしたり、声をあげたりしない。

・演技上等。素人的な反応より、プロの仕事を見たい。
特に4つ目の事項において、自分はマイノリティだ。世の中、素人ものが好きな男性がとても多い。しかしその男たちも気付いているだろう。素人ものと言われる作品に出ている女性はプロの女優であり、素晴らしい演技力を持った玄人だということに。

さらに突っ込んで定義してみたい。私が今一度皆さんに訴えたいのは、「この世の女性のほとんどは、女優でなくとも、セックスの時に必ず芝居をしている」という説だ。男たちは、その純真さ故にこの説を認めたがらない。

「デビュー作の初めての絡みが一番重要なんだ。初めての撮影で男優を受け入れた瞬間のあの表情、リアルなあの瞬間が一番興奮するんだ」

あの日、私にキラキラとした目で訴えたあの友人は、その「初めて受け入れる表情」までもが演技だと知ったら、いったいどうなってしまうんだろう。

よくAVのドラマパートで女優さんの芝居が棒読みでネタにされることがあるが、そういった芝居としての演技と、絡みでの演技はまったく別の脳で行われていると予想する。長い年月。地球が生まれ人類が誕生し、男尊女卑の苦しい時代を経て、女性は男性をうまく騙《だま》すという能力を手に入れた。それは悪い意味では決してなく、生きてゆく為に必要な能力としての進化だ。そしてそれは特にセックスの時に発揮されただろう。女性には、遺伝子レベルでその能力が組み込まれているのではないか。だから、本当に素人だとしても、ヴァージンだとしても、変わりなく演技ができるのではないか。

私は嘘でいいと思っている。恥じらいも、快感も、作品中にすごい演技力で見せられると、なんて表現力だとひざまずきたくなる。もちろん、その中に本当の快感が混ざっていることが理想ではあるが、そんなこと私には永遠にわからない。「そう見せられている」時点で、男は「騙されている」と感じるのでなく、「想われている」と感じるべきだろう。

しかし、そういったすばらしい表現の集合体であるAV作品を女性は基本的に許してくれない。発見したとたん「浮気じゃ」。そう叫ぶのだ。

時は戦国時代。押し入れにあるAVを彼女に見つかった武士（香川照之さん風）が、正座をし、切腹する際に使用する短刀のようにアダルトDVDを自らの前に差し出す。

「……すまない」

「あなた。これは浮気ですわね」

「いや、違う」

「……違う？」

「セックスとオナニーは、別物なのじゃ」

そうじゃそうじゃ、別物じゃ別物じゃ。

たとえば女性はお化粧をするじゃろ。人によってはエステに行ったりするじゃろ。

それと、オナニーは一緒なのじゃよ。

「……は？」

落ち着いてください。土下座する全裸の武士の後頭部をピンヒールで滅多刺しにしている女性の皆さん。これは大人計画の先輩女優・猫背椿さんが言ったことなんです。

「私にとってのエステや美容は、あんたら男たちにとってのピンサロとか風俗と同じだよ」

いかがか。大人の女性（既婚）が言うと説得力が増すでしょう？　つまり、自分の美の追求という欲望を使い「自己を癒す」のと、スケベという性の欲望を使って「自己を癒す」のは同じ、ということである。「自慰」とはよく言ったものです。

美容への欲望とスケベは同義、というところで言えば、整形はどうだろう。

自分には整形する人の気持ちはわからない。人前に出る仕事をすれば、手術をせずとも顔は簡単に変わっていくと私は思っている。

よく芸能人の若い頃と現在の顔を比べて「整形だ」と騒ぐ習慣があるけれど、その中には整形していない人がたくさんいる。人間の身体の中でも顔というのは微妙な差異で大きな変化を感じる繊細な部位だ。化粧で別人になれるというのはそういうことであり、たくさんの人に見られていれば、それなりの表情を作る。そして、どんな人も顔の筋肉が「見られても大丈夫なように」変化していく。私の顔だって10年前と比べれば、かなり変化した。女装すればなぜか可愛く映るようにもなった。（主に）女子が何故そこまでして美を追求したがるのか昔はわからなかったが、女装の経験を重ねるにつれ、その秘密が理解できるようになってきた。

初めは宮藤官九郎さん演出の舞台『七人の恋人』で、妊婦の役を演《や》ったのがきっかけだ。女装後、メイクさんに「可愛い」と言われ「おや？」と思った。その後、音楽での所属レーベルで集合写真を撮る際、料亭の女将のコスプレをすることになったのだが、その撮影場所のバーのおじさん店員に気に入られた。「隣に座れよ」と言われ、撮影が終わった後も女装のままお酌するハメになった。最後は、雑誌『POPEYE』のイベントで女教師のコスプレをした時、出版社への投書で女性客をして「私より女の匂いがした」と言わしめた。そこからだんだんと理解できるようになってきた。

女の子というものは、小さい頃から「可愛い可愛い」とおだてられ、それを全身に受け止めて育つだろう。環境にもよると思うが、可愛いと言われること、可愛くあろうとすることが、水を飲む、とか息を吸う、と同じように女の子には当たり前のことになってしまうのではないか。

しかし大人になるにつれ、言われなくなることが増えていく。幼い時にあった無垢《むく》な可愛さは消え、可愛さを求める心と裏腹に、厳しい女同士の社会性に触れ、精神はたくましくなっていく。そんな中で女の子が「可愛さ」を磨くということは、幼い頃から摂取してきた「可愛いね」という言葉を意識的に自分に与えさせようとする自己愛なのではないか。そして時には対象が消え、ただ己のために美を追求しはじめる。それも自らを癒す＝自慰ということに繋がるはずだ。

女装して「可愛い」と言われた時、まさに快感だった。「あ、こりゃ気持ちいいわ」というあの感覚は、どんなに歳をとっても自分たちのことを「女子」と呼ぶ、あの女性特有の謎の意味を知るには十分だった。それがわかってから「厚化粧になってしまう人」の可愛らしさに気付き、今は化粧をしてもしなくても、基本的に可愛くありたい女子が好きになった。

なにしろ、それは男にとっての自慰と同じなのだからじゃ。

川勝さん

ポップカルチャーが好きだ。

うだつの上がらない思春期を、音楽や、演劇や、マンガや、様々なカルチャーを摂取して、楽しんで、それらに助けられて生きてきた。時には励まされ、時には叱られ、こうあるべきだと人間としての理想を教えてもらったりもした。

そして今、作品を創る側の人間になり、そして「サブカルチャーの人」と受け止められることも多く、それ以降「サブカル」というものについて、ことあるごとに考えるようになった。

私には、いまだにサブカルチャーと言い続ける意味がわからない。メインカルチャーに対してのサブカルチャー。でも、どこまでがメインで、どこからがサブなのか。私も学生の頃は「この言葉を使えばなんかカッコいい気がする」とサブカルという言葉を使ってしまっていたけれど、そもそも、サブカルチャーっていうもの自体が、もう既になくなっているんじゃないのか。

もちろん、この言葉がもてはやされた80年代、90年代当時は、まだ様々なムーヴメントが生まれて猛烈に盛り上がっては消えゆくような、年代を指定するだけでその頃の空気がすぐ伝わるような確固たる流行があっただろうし、そのメインカルチャーに対抗するものとして「大衆と呼べるほどの支持はないが本質的な魅力とパワーを持ち、歴史を塗り替える可能性を秘めた表現、文化」のことを「カウンターカルチャー」や「サブカルチャー」と呼んでいただろう。しかしその言葉は、インターネットが出現し、音楽にしても、映像にしても、保存技術が発達して、いつ何時も誰でも欲しいものが高品質で手に入り、どんな国の小さな情報でも世界に広がることが可能になり、それと同時に訪れた、「爆発的な大衆の流行の消失」をきっかけに、カルチャーの受け皿が「時代」という大きなものから、「個人」という小さいながらも根強いものに変わり、どんどん意味をなくしていったのだ。

今ある、ゼロ年代やテン年代という言葉がどこか白々しく感じられるのは、カルチャーの座標軸が細分化され、年代という大きなものでは語れない時代になったからではないかと思う。

そして、今使われる「サブカルチャー」とは「あの時代にサブカルと呼ばれた人たち」及び、「あの頃サブカルと呼ばれた人たちの匂いを感じる後継者たち」という意味なのではないか。しかしそこに「サブ」という言葉に含まれた誇りはない。いま「サブカル」という言葉を使うということは、ただ「あの頃」をノスタルジックに想い、未来に背中を向けて現実を見ていないことになるだろう。

そして今、「サブカル女子」や「サブカル野郎」と差別的に揶揄するために使われることも多くなった。こちらは主に「あの頃サブカルと呼ばれた人たちの匂いを感じる」誰かを「好きだ」と発言した者を「サブカルなものならなんでも良しとする、レベルの低い奴ら」と、馬鹿にしているわけだが、そもそも「サブカルだけが好きな人」など、いない現状であるうえに、サブカルというものが存在しない今、そうやって馬鹿にすること自体が滑稽で空虚だ。好きなものを素直に主張しにくいそんな状況は、とても悲しい。

昨日、川勝正幸さんが亡くなった。

編集者、ライター。僕にたくさんのカルチャーを教えてくれた人。大人計画、ジャパニーズ・ヒップホップ、ヤン富田、ラジカル・ガジベリビンバ・システム、ジョン・ウォーターズ、勝新太郎、クレイジーケンバンド、根本敬。今の自分のアイデンティティを作ったり、叩きのめしたり、ひっくり返してくれた表現者たち。特に根本敬さんという存在を紹介する時、川勝さんは「臭いモノのフタを取る人」という言葉を使い、それを「カッコイイ」と評した。自分にはあまりに巨大すぎて、飲み込めなかった根本さんをわかりやすく、飲みやすく、そして愛のある言葉で伝えてくれた。川勝さんの文章を読むと、それまで自分が持っていた先入観がなくなり、さらに「愛のある先入観」を持つことができ、楽しむことができた。

川勝さんの本に自分の名前を見つけたのは2006年頃。そのことに飛び上がって喜んでいたら、川勝さんとライター・下井草秀さんのユニット「文化デリック」からお声がかかり、POP寄席というイベントに出演させていただいた。

そこからお付き合いも深くなり、テレビ誌『TV Bros.』にて始まった細野晴臣さんとの対談連載「地平線の相談」では、私からの希望でライターとして、文化デリックのお二人に参加していただいた。細野さんとの対談が終わると、いつも川勝さんに目黒のとんかつ屋・とんきに連れて行ってもらった。時には事務所にお邪魔し、クレイジーキャッツのレーザーディスクを見せてもらい語り合った。私が忙しくて心を病んでいた時、「ちょっと休んで旅しましょうか」と、故郷である九州のご実家のお墓参りに同行させていただき、そのまま佐賀に旅行に連れて行ってもらったりもした。「カップルじゃないですから」と唐津の旅館の女将さんに言い訳しながらの旅はとても楽しかった。

川勝さんの訃報がテレビやネットに出た時、そのいくつかには「様々なサブカルチャーを紹介したライター」と書かれてあった。確かに間違ってはいないけれど、とても間違っていると思った。ご存命中も「サブカル界の〇〇」という風に紹介されることが多かった人だけれど、実は川勝さんが書く文章には「サブカルチャー」という言葉はまったくと言っていいほど出てこない。

川勝さんは、どんなに無名であろうが、有名であろうが、明るい表現であろうが、暗い表現であろうが、作品や表現を紹介するときには必ず「ポップカルチャー」という言葉で紹介していた。あの人が書く文章には、批評ではなく、ただ「川勝正幸」が面白いと思ったものに対し、その楽しさを自身のフィルターを通していろんな人に伝える、愛のある言葉があった。

著書『ポップ中毒者の手記』に「ポップウイルスに感染しろ」という言葉がある。

様々な作品に触れてウイルスに感染した川勝さんが、さらにそのウイルスに自分の遺伝子情報を加えてパンデミックさせる。そしてその輪は広がり、様々な表現や人物に影響を与えていったのだ。もちろん自分もその一人。

ポップウイルスに感染した川勝さんは今、ポップウイルスそのものになった。様々な表現者が今もそのウイルスに感染し、今も持ち合わせている。そしてそれは未来の世代にさらに受け継がれ、川勝さんの魂は永遠に生き続けるだろう。もう、「サブカル」という言葉はいらない。この世の面白いカルチャーや、貴方が面白いと思うものはすべて、「ポップカルチャー」なのだ。

最後に。

一緒に旅行に行った時、先に寝てしまった川勝さんのイビキが絶叫かっていうくらいすごい音量で、隣の布団の自分はまったく眠れず、でもそれが面白すぎて爆笑してしまったことを、うっかりフライングでKnockin' On Heaven's Doorしてしまったペナルティとして、ここに書き記しておきます。いいですよね、川勝さん。

疲れた

眠い。今、この文章を書こうとノートパソコンを開いたとたんに眠気に襲われ、こっくり寝してパソコンのキーボードに勢いよく額をぶつけて眉間が真っ赤だ。ずいぶん古典的な眠気の表現をしてしまうほどに、身体は崩壊寸前のようだ。

数年前から、うなされて起きることがよくある。定番の「台詞を憶えてないのに舞台の幕が開く」シチュエーションや、何者かに追いつめられて崖から突き落とされるサスペンス風のもの、逆に誰かの首をちぎれるほどに絞《し》めている嫌な夢。忙しくなるといつもそうだ。

最近はさらに進化し、「これは夢だな」と夢の中で気付けるようになった。この間も誰かに殺されそうになり、馬乗りになられたところで夢だと気付き、なにか卑猥《ひわい》な言葉を言って目を覚まそうと「ちんこちんこ」と念仏のように唱えていたら、現実でも「ちんこちんこ!」と絶叫していて、そのまま飛び起きた。寝室に響き渡る「ちんこ」の残響。そしてそのまま稽古に行った。

いまは舞台『テキサス』の稽古中。初めての主演舞台だ。共演は、木南晴夏さん、野波麻帆さん、岡田義徳さん、高橋和也さんほか、たくさんの方々。

今まで様々な演劇に出させてもらったけれど、こんなに舞台に出ずっぱりで、ここまで台詞を喋りっぱなしな作品は初めてだ。稽古中も自分の席に座る時間がない。普通自分の出番以外の時間というのは、用意された椅子に座って、稽古風景を見て笑ったり、演出家さんの後頭部を見たり、自分の芝居について考えている振りをして関係ないことを考えたりするものだ。それらも舞台稽古の楽しみである。しかしその時間もないというのは、主演というだけでずいぶん違うものだなと思った。ずっと芝居させてもらえる。ありがたい。しかし昼1時から夜9時までぶっ通しの稽古で、もう喉もボロボロだ。

演劇に出会ったのは中学1年生の頃。友人に誘われ学校内で行われる舞台に出ることになった。そこから様々な舞台を鑑賞するようになり、高校1年生の時先輩に勧められた松尾スズキさん作・演出、片桐はいりさん主演の『マシーン日記』を観て、人生が変わった。そこから学校内で演劇を企画して作・演出したり、卒業生の誘いでチケット代が発生する舞台に出て、チケットノルマの過酷さを思い知ったりした。

卒業して一人暮らしを始め、バイトをしながらオーディションを受け、飲めないのに飲み会に参加してツテを作り、舞台に出させてもらってはノルマを払い、一文字でも台詞が欲しい、という役者として真っ当な欲求を胸にいつも稽古を眺めて、思うように芝居できない悔しさに明け方泣きながら線路沿いの道を歩いたりした。青い。恥ずかしい。しかしそんな昔を思うと、なんだかんだ言っても今の状況は本当にありがたく、嬉しい。

稽古も佳境である。地方公演に突入して美味しい物食べてるであろう穏やかな未来に想いを馳せる。ああ、休みたい。今日も高橋和也さんに罵声《ばせい》を浴びせる芝居をしながら、頭の中ではずっとこの言葉がぐるぐると回ってた。

疲れた。

本当に疲れた。疲れすぎて逆に股間は元気だ。稽古場の皆さん、ぜひ見てやってください。私の股間は元気ですよ！　これでもし、ちんこまで元気がなくなったとしたら、もう限界なのだろうなと考える。

『テキサス』の顔合わせには、全国のライブツアーを数日残した状態で突入した。そこから始まる稽古の日々。そして稽古後には新曲の曲づくりを家に帰ってやり、バンドリハーサルをし、レコーディングをする。加えて週1回のラジオ出演に『テキサス』の宣伝で雑誌やラジオの取材がガンガン入り、連載などの文筆仕事を朝まで頑張る。

ただの忙しい自慢かよ。

そうだ。自慢だよ。ていうかそれくらいさせておくれよ。こちとら疲れて気が狂いそうなんだよ。この「疲れ」を面白がる方法はほかにはない。もう稽古でかれた喉を使って上田正樹さんの真似をするくらいしか思いつかない。

「Hold Me Tight!」

酒が飲めれば、愚痴とともにこの疲れを誰かと分かち合えるだろう。喉を使う仕事をしていなければ一人カラオケで熱唱し、ストレスも発散できるだろう。スナックとか行ってみたい。そしてママに愚痴を言って優しく窘《たしな》められたい。しかしそれも飲めないせいで行く度胸がない。共演者のみんなと飲みに行っても、昔からの仲でないから愚痴なんか言えるわけがない。愚痴って誰に言えばいいのか。

となればやはりこの場だろう。読んでいる皆様だけが話を聞いてくれる。この原稿用紙は場末のスナックだ。勝手に決めて申しわけないが、黙って話を聞いてくれる聞き上手のあなたたちは理想のママさんだ。この憐《あわ》れな廃人の愚痴を聞いていただきたい。そして話を聞いた後、そっと抱きしめてはくれないか。上田正樹の歌のように。

宇宙人

母からメールが来た。

「おじいちゃんが宇宙人になりました」

母の父親は萩本欽一さんに喋り方が似ている。「そうなんだよぉ」と語尾を上げて笑いながら喋る人だった。幾つになっても食べること、そして食べさせることが大好きで、小さい頃から毎年正月には星野家と従姉妹の一家が集まっておせちを食べ、お年玉をもらうのが恒例だった。次第に従姉妹も家庭を持ち、私も仕事で忙しくなり、なかなか全員では集まれなくなった。

それからおじいちゃんとは不定期に会食するようになる。だいたいいつも中華か焼き肉という重たい食事だ。

「源、金はあるのか?」「もっと食べろ」が口癖で、いつも小遣いを手渡してくれて、腹いっぱいにしてくれた。

月日は流れ、自分でもやっと金を稼げるようになった。去年の正月は中華で、たまにはおじいちゃん孝行しないとと思い、トイレに行くふりして店員に声をかけ、先に会計をしてもらい、払った。いつまでも心配させてはいけないし、もう一人前だぜ、大丈夫だぜ、というところを見せておきたかった。

店を出る時「払ったよ」と言うと、財布を用意していたおじいちゃんは驚いてしばらくフリーズし、それから喜んでくれた。けど、その笑顔の瞳の中にほんの小さな、若干の寂しさがあったような気がした。妙な罪悪感が心の中に残った。それから数ヵ月後、おじいちゃんは倒れた。

癌が見つかり、手術して胃をほとんど摘出した。好きだった外食ができなくなり、めっぽう体力も落ちた。

年明けに、病院にお見舞いに行くと、ずいぶん痩せたおじいちゃんが横たわっていた。看病していた母は「事前に伝えると期待するから」と来ることを知らせていなかったらしく、ベッドの中、私のことを幻を見るかのような目で見つめていた。開口一番、「ご飯食べてんのか？」と聞かれ、笑った。きっと、彼にとってはいつまでも、金がなく食いしん坊な孫なのだ。「食べてる」と言うと、おじいちゃんは俺の手を握って「来てくれてありがとう」と泣いた。涙は出ていなかった。でも顔を思い切りしわくちゃにして、震えていた。

あれは確実に泣いていたと思う。人は衰弱すると涙も出なくなるのだと知った。それが余計悲しかった。別れ際、「また焼き肉に行こう」と約束をして帰った。それから2ヵ月経って来たのが、母からのあのメールだ。

「おじいちゃんが宇宙人になりました」

解説すると、つまりおじいちゃんがボケはじめ、こちらでは理解できないことを言いはじめた、ということだ。

「そろそろ宇宙に帰るかもね」

つまり、そろそろ死んじゃうだろうということだが、しかし、そんな冗談のような書き方をされると、幾分くらうショックも和らぐ。『テキサス』の稽古中だがお見舞いに行かなくちゃと思っていたある日、メールが来た。

「宇宙への出発が延期になりました」

前は食事をすることもできず言葉も出なかったのが、この数日よく食べ、喋るようになったらしい。少しホッとして、もうすぐ初日を迎えるから、少し経って落ち着いたらお見舞いに行こう、と思っていた。

それから1週間が過ぎた。

思ったよりもずっと早く、母からメールがあった。

「今日、宇宙に旅立ちました」

おじいちゃんが死んだ。

通夜の日、舞台の本番を終えて、そのままタクシーに乗った。夜中の斎場にはもちろん誰もおらず、両親と従姉妹の叔母ちゃんだけが泊まり込みで線香を絶やさぬようにしていた。

数カ月ぶりに見た棺の中のおじいちゃんは、お見舞いに行った時の何倍も痩せこけてはいたが、ほおの肉が重力で下がったお蔭で口角が上がり、ちょうど笑っているような顔で寝ていた。最後の数日は、痰《たん》を吸い出す機械に苦しみ悶《もだ》え、最終的には酸素マスクも苦しくなり、自分で外して手放さなかったそうだ。そして「もう勘弁してくれ」と言わんばかりに顔の前で両手を合わせたその日の夜、逝ったそうだ。きっととてもしんどかったんだろうけど、今の状態は安らかな笑顔である。

焼香をし、手を合わせて、一息つくと、自然と昔話が始まる。母や叔母から、いかにおじいちゃんが他の老人たちにモテたかという話を聞いたり、入院中、看護師に

「源の嫁が来てくれて、一晩看病してくれた」という謎の会話をしていたという話を聞いて、「誰だ」と笑った。いつも私の結婚式に出たがっていたので、勝手に脳内処理したと予想する。ひとまず脳内だけでも結婚できてよかった。

そんな話をして笑っては、棺桶の中の顔を指差して「おじいちゃんも笑ってるわ」と言って、ゲラゲラ笑った。それをひたすら繰り返した。

それから、母と叔母とハグをして帰った。二人ともよく笑っていた。自分の父親が死んだのである。自分だったら、ここまで冗談にできるだろうか。

とりあえず、いつか俺が死んだら、すぐさまおじいちゃんが宇宙焼肉屋を予約するのは目に見えているので、できるだけ長生きして、「お疲れさま」と旨い焼き肉を一緒に食べたいものである。

夢の外へ

主演舞台の名古屋公演の千秋楽を終え、打ち上げ後の夜中に急性腸炎でぶっ倒れ、39度5分の熱をたたき出した。猛烈な便意と体中の激痛に悶えながら新幹線に乗り、東京に帰った次の日に解熱剤を飲みつつセーラーの格好で3枚目のシングルのジャケット撮影をし、そのまま都内某所でオアシズ光浦靖子さんの本の取材で少し気持ち悪いブローチを渡され、もらえるのかと思ったら「個展で使うので」と取り上げられ、家に帰ってそのまま倒れ込み、休みをもらって家で2日間寝っぱなした後、やっと熱が下がり、カップリングのレコーディングに突入し、ただいまミックスダウンの作業中だ。

非常に楽しい。

新曲のタイトルは「夢の外へ」。資生堂の日焼け止めANESSAのCMソングとして流れている曲だ。今回は、一曲ができるまでのプロセスをじっくり紹介させていただこうと思う。

まず、家で曲づくりをする。たまに、家ではない場所で作業する時もある。舞台の稽古場やら、ドラマの現場等、楽器が置いてある場所だったら何処でもできる。家でする場合は、机の上にノートを置き、その横にテレコ（録音機）を置いて、ギターを鳴らして歌いながら作っていく。外で作曲する場合も、テレコは常に持ち歩いているので、それに録音して記録する。

昔から勉強が嫌いなので、専門学校で教わるような音楽理論はわからない。だから今でも音譜が読めないし書けない。メロディを書き記す術《すべ》がないので、とにかく歌って憶え、良いメロディができたらそれをテレコに録音し、歌詞を思いつけばノートに書く。運がいい時は5分で1曲できることもあるし、長い時はこの作業の積み重ねで数カ月かかる場合もある。たとえば今回の「夢の外へ」はCMソングなので、放送が開始する何カ月も前に詞とメロディを提出せねばならず、最終的には作曲開始からレコーディング開始までに半年もかかった。

曲作りを終えた後は、演奏してもらうミュージシャンを考える。僕の楽曲は全て自分でプロデュースしているので、バンドメンバーやレコーディングエンジニア、作りたい音に合いそうなスタジオも自分で決める（もちろん、スタジオ予約やメンバーへのオファー、スケジュールの調整はスタッフにやっていただく）。

次に楽曲の編曲をする。頭の中でどんな構成、演奏にするか構築してからスタジオに入り、プレイヤー（演奏者）たちに口伝えや実演をしながら、その場で編曲していく。ギターを弾いて、「ここはこういうフレーズで」と指示したり、ドラマーの目の前で自分で叩いてみせ、パターンを指定したり、「ここでキメを入れたいのでギターだけ残してブレイクしてください」等と口頭で指示していく。

口立てでアレンジしていても、細かく指定しすぎれば一気に音は固くなってしまう。そこで、音楽用語以外の言葉を使って想像力で演奏してもらうと、演奏が豊かになる。

「そこのドラム、日本シリーズで二連勝した時の原監督の気持ちで」

「ここのベースは、嵐だったら相葉くんで」等。

こちらとしては欲しい音像と表現した言葉のセレクトはドンピシャで一致するのだが、言われた方からしたら意味不明なリクエストである。しかし、プレイヤー自身の脳内で想像し、さらに音に変換して演奏するから、音に自主性と生命力が宿る。そうなればどうやっても機械的な演奏にはならないし、しかも楽曲に自我が入り込むわけだから、プレイヤーとして充実感も高くなり、楽しそうに演奏してくれる。

シンガーソングライターと呼ばれる人で、自らプロデュースや編曲も兼ねる人はほとんどいない。大抵は別のプロデューサーがいて、詞とメロディができたらプロデューサーの手に渡り、そこからアレンジャーの手に渡り（もしくはプロデューサーがアレンジも兼任し）、打ち込みのデモが作られる。そこには各パートの演奏もほぼ決まった状態でプログラミングされていて、金のかかるリハーサルもなく、レコーディング当日にプレイヤーたちがデモや楽譜を元に演奏する。このパターンが圧倒的に多い。これには、予算がかなり抑えられるという利点と、打ち込みによるデモが存在する故に完成形が見えやすく、レーベル側がそれを持ってタイアップなどの営業に〝曲が完成する前から〟行ける等、ビジネス面での利点もある。

私はいまだにそれをすることができない。インディーズのバンド出身で同じような音像を志す仲間もおらず、そういった効率的なやり方も知らないまま、自分で模索するしかなく、そこで見つけた古くさく面倒なやり方に慣れてしまった。

自分のような荒い作り方であっても、音楽という要素の大部分を担《にな》っているのは編曲だと思う。同じメロディでも、コードを変えたり、アレンジの施しようによってまったく別の曲になり得る。だからシンガーソングライターと名乗りつつ別のアレンジャーが音を仕切っている作品を聴くと、シンガーソングライターという言葉の持つ「本人感」と出てくる音の「本人感のなさ」にズレを感じ、違和感を覚えてしまう。だから何か理由がない限り、アレンジャーは立てないだろうと思う。

それに、演奏してもらうミュージシャンに関しても、レコーディング当日だけの演奏より、何度かリハーサルを重ね、プレイヤーの身体にその曲を染み込ませた方が聴こえ方はずいぶん違ってくる。その日限りの演奏だと音は固くなり、逆に染み込んでいる演奏だと柔らかく、生き物のように楽曲内で主張しだす。もちろん一日限りで体温のある演奏ができてしまう一流プレイヤーもいるけれど、そんな人は本当に少なく、ギャランティが高い。

数回のリハーサルを終え、「夢の外へ」のレコーディング当日。まず今回はアコースティックギター、エレキベース、ドラムス、ペダルスティールギターを同時に一発録音。楽器一個一個を別々に録れば丁寧に録音できるが、同時に演奏する雑さも記録したいので全員一緒に録音する。その時自分はアコースティックギターを弾いているので、まだ歌はなし。3、4回演奏して納得いくテイクを採用し、その後に仮の歌を入れる。

これで初日のレコーディングは終わり。家に帰ってもつい曲のことを考えてしまう。考えすぎると客観的になれず、制作中の音が正確に聴けなくなってしまうので、AVを観て心を無にしたり、エロサイトを観て流行の性知識を学んだりして脳を一回レコーディングモードから切り離す。客観的になるためのこの作業はとても重要である。

後日、歌をレコーディングし、コーラスを重ね、ストリングスを生演奏で重ねて録音はすべて終了。今まさにミックスダウンの作業中でスタジオ控え室で待機中である。

ミックスというのは、今まで録った音を混ぜ合わせる作業。これ次第でこの曲が良い曲になるか、悪い曲になるかが決まってくる。最後まで気が抜けない。ドキドキでエンジニアさんの作業を待っているわけです。

この後音を確認し、OKを出せば曲は完成し、もう変更はできない。もちろん録音をやり直すには莫大な費用がかかる。スタッフからの「これ以上手を加えてくれるな」という無言のアピールも重々承知だ。それでも気に入らなければ、もう一度やり直しせねばならない。スタッフから嫌われたとしても、妥協すれば一生後悔する。でもこの曲、自分の人生を変える作品になるだろうという妙な感覚がある。根拠はない。でもなんだかそう思う。出産を待つ夫のような気持ちで、君の誕生を待つ。

パンケーキ

今、品川の駅ビル・アトレの4階にあるイタリアンでこれを書いている。

昨夜、大阪なんばHatchでのワンマンライブを終え、満員御礼内容的にも大成功という、とてもやりきった想いで派手に打ち上げをして、心地よい疲れの中、昼過ぎに東京に帰って来た。

新幹線の窓から覗いた品川の街は、晴れの部分と、その先に見えるどす黒い雨雲のコントラストが面白かった。どうやら竜巻注意報が出ているらしいその悪天候は、遠目に見て笑えるくらい狭い範囲でビル群を包んでいた。黒雲の下には雨のカーテンが見えた。

そのままタクシーで家に帰りたかったが、あまりに大雨なので道も混むだろうと思い、今、品川の駅ビル・アトレの4階にあるイタ飯屋でこれを書いている。

左隣のテーブルでチーズケーキを食べていた、80歳は過ぎているであろう白髪の男性が立ち上がり、伝票を落とした。拾って手渡すと「どうもすいません」と笑ってレジの方へ歩いていった。タイトな黒いスーツに同色のハットがカッコよく、とても紳士的な出で立ちだった。

たとえばあの老人がレコード会社の会長で、ふと再会して「あの時の……?」と打ち解け合い、トントン拍子で大きな仕事が舞い込んだりするという課長島耕作みたいな展開を妄想しつつ、スパゲティを食べる。

外の雨はどうだと窓を見ると、異常に雲の動きが速い。旅客機と同じくらいのスピードで流れている。まだまだ黒い雲は空を覆っているが、いつの間にか傘をさしている人はもういなかった。

右隣で20代半ばの女性たち3人がパンケーキを食べている。全員可愛らしく、髪の毛は茶色で少し派手な服を着ている。パンケーキ3枚重ねの上にアイスクリームやらフルーツやらが載っかっていて、皿の上はものすごいボリュームだ。嵐のファンクラブらしきものについてなにか討論をしながら軽々と食べていく様子を横目で見て、猛烈にパンケーキが食べたくなった。

甘いものが昔から大好きだ。中学生の頃、父方の祖父が営む八百屋の店じまいを手伝って500円をもらい、それで今川焼を買って食べながら帰るのが日課だった。今でも、仕事帰りにふと思い立ってクレープを買う時などに幸せを感じる。

小学生の筆箱みたいな芋ようかんを、旨い旨いと一晩かけて全部食べたり、フルーツショートケーキをワンホールで買ってそのままフォークで贅沢《ぜいたく》食いするのも好きだ。だいたい翌日腹を壊すけれど、特に長距離移動の仕事がなければやってしまう。

軽い自傷行為のような気もしている。食べまくって腹を壊したり、極度に辛いカレーを好んで食べるのも、もちろん味が好きなのもあるけれど、なにかそれで自分の体を傷つけストレスを発散したり、暴力衝動や破壊願望を鎮《しず》めるというセルフ療法なのではないかと思ったりする。

パンケーキを頼む前に一度トイレに行こうと思い、席を立つ。店の外にトイレがあるので、財布が盗まれたり、パソコンが盗まれて大量のエロ動画のフォルダを見られたりしないように鞄を持って店の外へ出る。「食い逃げじゃないですよ、トイレに行くだけですよ」という気持ちを込めて「トイレ行っていいですか?」と店員さんに声をかけた。さらに保険をかけて、お土産に買って来た伊勢名物の赤福を椅子の上に「すぐ帰ってきますよ」と言わんばかりに置いた。

用を済ませて席に戻り、「チョコレート&バナナパンケーキのストロベリーアイスクリームのせ」を注文した。トッピングアイスはバニラも選べたが、「ストロベリーがおすすめです」と書いてあったので素直に従った。

しばらくしてテーブルに置かれたものはやはりでかかった。パンケーキ3枚の上に切ったバナナと生クリーム、ストロベリーアイスが大量に載っかっていて、チョコソースが味を引き締めている。バニラにしなくて正解だった。バニラにしたら生クリームと相まって甘ったるくなりすぎてしまう。酸味のある苺の風味が絶妙である。

それにしても量が多い。これは確実に下すなと思い、気合いを入れ直すために椅子の背もたれを使ってぐぐっと背筋を伸ばそうと体をひねると、奥の席で、先ほど伝票を落とした老人が綺麗な服を着たお婆さんと一緒にお茶を飲んでいた。

出かけていた奥さんを迎えに一度改札口に行ったのだろうか。はたまた婚姻関係ではない、秘密の逢い引きか。二人は静かに、だが楽しそうにお喋りしていた。そして、その向こうの大きな窓ガラスには、雲一つない、真っ青な晴天が広がっていた。

外は完全に晴れてしまった。まるで真夏だ。街を行く人たちが気持ち良さそうに歩いている。それを見ながら、パンケーキをどんどん腹の中に入れていく。

時間は進む。1年前、交通事故で幼い息子を亡くした友人がいたが、その友人に来月、子供が生まれる。

時間は進んでいるし、止まない雨はない。使い古された当たり前の言葉だけれど、その通りだと、心の底から感じて席を立つ。

夏休み

夏ですね。きっとこの雑誌を読んでいるお洒落な皆様は、オープンテラスのカフェで涼んだり、花火大会観に行ってナンパしたり、海外旅行で羽目を外したり、ラグジュアリーホテルで夜景見ながらシャンパンを飲み、一夜限りのSEXをするのだろう。羨ましい。今年の夏こそは海に行こうと思ってはや10年。毎年、結局仕事でどこにも行けず、夏休みなんてあるわけもない。そう愚痴ると「夏フェス出てるでしょ？地方のフェスとか楽しいじゃない、タダでいろんなの観れるし」と言われることもあるが、私はフェスに出演しても、別のバンドや外国から来たミュージシャンを観に行くことはあまりなく、出番が終わったらすぐに家に帰る。フェスは自分の出番だけで十分。フェス会場とはいえ、仕事場であるという気持ちが抜けないし、なんだか遊びとして楽しむ気持ちになれない。天気のよい野外ステージの上で演奏し、山や海を見ながら数万人の観客の前で歌うのは、本当に気持ちがいい。観るより演る方が圧倒的に楽しいと感じる。フェスというものに存在するであろう「楽しさ」の中で、これ以上のことなんてあるのだろうか。どうだ羨ましかろう。と遊びが下手な自分を無理やり正当化する。

あと考えてみるに、夏は野外フェスなどのステージにあがる回数が多い季節。ミュージシャンにとって、夏は年末年始と一緒で書き入れ時である。年越しの瞬間に家にいるようじゃミュージシャンじゃないなんて言葉もあるけれど、それでいうなら、夏休みだって遊んだり、海にいたりしない方がいいだろう。という強引な理由で夏休みを否定したい。

子供の頃は勉強より遊びが本業だった。だから夏休みが大事なものだったと考えよう。そして社会人になっても、仕事によっては子供の「やりたくない勉強」のようにキツい仕事もある。いや、そんな仕事ばかりだ。その方々には夏休みは引き続き大事なものなわけだから、茨《いばら》の道とはいえ「好きなこと」を仕事にすることができた私のような浮浪雲は夏休みなんて希望しちゃいかんのだと思う。だから全然夏休みなんて欲しくない（ツン）。

しかし本音を言えば、自分の人生から夏休みがなくなってからずいぶん経ち、正直寂しい（デレ）。とはいえ一緒に遊ぶ友達もいないのだから、夏休みがあってもさらに寂しくなるだけだろう。どっちにしろ寂しいのだ。

寂しさってどうやったらなくなる。寂しさをなくすにはどうしたらいい。昔からどうにかしたいが、いっこうに解決しない。どんなに満たされた状態でも、ふとした瞬間に寂しさはやってくる。

単純に誰かと一緒にいたらなくなるという寂しさではなく、海の底に一人でいるような、後ろからひたひたと自分の影の中から背中を通って体を包むような、そんな寂しさ。

今年はこれからの自分にとって、とても大事な仕事をたくさんしている。身も心も充実している。なのにと言うべきか、だからと言うべきか、プレッシャーと恐怖がない交ぜになった巨大な寂しさに包まれて、いつも目の前が真っ暗になる。絶望する。目の前は崖でしかないと思えてならない。絶望した時はどうしたらいい？ どうにもできない。でもやると思うしかない。やるしかない。やるなら今しかない。そう思いながら毎日仕事に出かける。

たぶん死ぬまでこの寂しさはなくならないだろう。寂しさというものはきっとその人の性格であり、生まれ持ったチャームポイントだと思う。寂しさは友達である。絶望はたまに逢う親友である。そして不安は表現をする者としての自分の親であり、日々の栄養でもある。不安はご飯だ。

たかが夏休みがないという理由だけで、こんな思い詰めたことを深夜のデニーズでミニチョコサンデーを食べながらつらつらと書いている。

広い店内に客は5人ほど。平和であり、寂しくて、心は落ち着いていて、かつなんだか苦しく、それが楽しくもあり、気が狂いそうでもある。寝不足だからかな。でも、これが今の私の普通である。

だから、夏休みはいらない。あるのは仕事だけでいい。

さあ、明日も働こう。あと2時間経ったら出勤の朝だ。

ミュージックステーション

「夢の外へ」という曲で初めて『ミュージックステーション』に出演した。2週間前に出演が決定してからというもの、毎日毎秒叫びだしたい衝動をグッと堪《こら》えながらの生活。よく観ていた番組。そこに自分が出ることが確定した瞬間、超巨大で静かな緊張感にふわっと包まれた。身動きが取れない感じ。それは今までのどの大舞台でも感じたことのない特別なものだった。

Mステは、1986年から続く長寿番組であり、金曜8時というゴールデンタイムの生放送にタモリさんを司会に迎え、シンプルに楽曲を聴かせるための番組づくりを持続し続けている。

今ある音楽番組のほとんどは生ではなく収録形式で、バラエティ感のある方向にシフトしたり、歌手同士のコラボレーションやアイドル中心の作りが多い。充実しているけれど、音楽そのものにフォーカスした、歌や楽曲そのままの魅力を伝える番組は減ってきている。

ＣＤの売り上げは下がり、歌の力だけでは視聴率が取れないと囁《ささや》かれる今、この批判を受けやすい世の中で、深夜番組ではなくゴールデンの時間帯に放送事故やハプニングの起きる可能性が高い生放送を続けること。流行のアイドルに偏ることもなく、若手もバンドも大御所もまんべんなく扱う、その静かな「攻め」の姿勢が好きだ。ポピュラーすぎてそう受け取る人は少ないだろうけど、私はそういった普通に見えるけど実は攻めているものが、番組に限らず音楽でも芝居でも人間でも、好きだ。タモリさんだってそう。普通なのにアナーキーな存在、ポピュラーの象徴なのに濃密にオルタナティブであり続ける存在。そんなタモリさんが大好きだし、いつかそういうものになりたいと憧れてしまう。

本番当日。スタジオ内で「夢の外へ」の歌リハ直前に緊張で吐きそうになりながら座っていると、進行の竹内由恵アナが声をかけてくれた。

「この曲、すごく好きです」

「本当ですか？　ありがとうございます」

という真っ当な会話をしていると、出演者のトータス松本さん、立て続けにコブクロの黒田俊介さんも優しい声をかけてくれた。いろんな人が緊張を察し、話しかけてくれる。嬉しくてありがたくて、いつの間にか肩の力が抜けていた。

歌リハ開始。生放送ではたくさんのカメラをリアルタイムに切り替えるので、目の前では十何台ものカメラとカメラマン、それを誘導するアシスタントの方々がとんでもないスピードで動きまくる。クレーンカメラがニョキニョキと動き、その下をカメラアシスタントがケーブルを持ちながらスライディングして車輪付きカメラを誘導。その横では手持ちカメラマンがジャンプしてケーブルの束をよけつつアップの表情を撮りだしたりと、ものすごい状態。歌いながら、「ああ、この面白い景色をみんなに見せたい」と恍惚《こうこつ》状態になった。スタジオの中にプロフェッショナルがうごめいていると思った。しかも、一人のアシスタントの男性がケーブルをさばきながら、カメラ横のモニターを見つつ、走りつつ、「夢の外へ」を一緒に歌ってくれていた。泣きそうになった。なんて素敵な現場なんだろう。

夜8時になり、本番が始まるとあっという間に時間が過ぎていった。

自分の出ている番組が今まさに日本全国に放送されている緊張感と愉快さ。歌と歌の間にあるトークコーナーの裏や、ランキングなどのVTRが流れる裏では歌ステージのセットチェンジが猛スピードで行われる。戦場のように激しく、スタッフの皆さんの一体感がとにかくすごい。その迫力に押され、出演者も、客席の人たちも、何か一つのものを一緒に作っている感でスタジオの中が包まれていた。その雰囲気は放送される画面からは伝わらないのが非常に残念である。

自分の出番が始まった。トークコーナーでは、その昔ハナ肇とクレイジーキャッツの「スーダラ節」をカバーしたら聴いていたお客さんが泣き出し、自分でも歌を伝えられるんじゃないかと思った、という歌い出すきっかけを話した。竹内アナの「スーダラ節ってどんな曲でしたっけ？」というすばらしいフリに、「♪スイスイ〜」と歌うと、タモリさんも「♪スラスラスイスイ〜」と歌いだしてくれて、少しだけデュエットすることができた。

平静を装っていたけれど、本当は嬉しくて嬉しくて仕方がなかった。

クレイジーキャッツは戦後米軍基地を転々としたジャズバンドだった。そこからジャズバンド兼コメディアンというグループの流行ができ、ザ・ドリフターズなど後に続くグループがたくさん発生した。そしてタモリさんはコメディアンとしてピンの活動を始めたが、もともとジャズミュージシャン志望だったその音楽的志向の高さから音楽番組の司会をすることが多く、クレイジーキャッツとの共演や親和性も高かった。

2012年にゴールデンタイムの生放送でタモリさんとスーダラ節を歌うことがどんなにあり得なくてすごいことか。川勝さんに見せたいと心から思った。「夢の外へ」を歌う直前。コブクロのお二人が励ましてくれ、トータスさんは「源ー!」と声援を送ってくれた。何から何までありがたいことばかりだった。

本番後、ご挨拶にタモリさんの楽屋を訪れると「どうもどうも。お疲れさまでした」と丁寧に腰からしっかりと体を曲げてしてくれた、「日本で最もポピュラーなアナーキスト」の深いお辞儀が、今も目に焼き付いている。

頑張れ

やってしまった。レコーディングまでに、新曲の詞が完成しないという事態だ。何度書いても納得いかず、直しては止まり、また一から書きはじめる。その繰り返しで2週間が過ぎた。

レコーディング開始の直前までチャレンジしていたのでスタジオをキャンセルすることができず、無理矢理ブースに入って「書くので待っててください」とスタッフに伝え、ウンウン唸《うな》って気が付けば5時間。深夜24時を回り、結局仮の歌詞でレコーディングをして今に至る。スタッフが外で待っている中で、何も進まない5時間っていうのはあれです、地獄です。30分経つごとにスタジオ代＋人件費がチャリーンと音を立てて消えていく。スタッフの顔もどんどん曇っていくが、でもプレッシャーをかけまいと優しく接するその親切さに胸が痛くて、ふと気付くとやっぱりお金のこととか考えてしまっていて、いかんいかんと首を振り作詞に集中しようと踏ん張る。

しかしそんな時に限って次の日が朝まで仕事だったり、原稿の締め切りや部屋の掃除、やらなければいけないことが多すぎて雑念が湧きまくる。気を散らそうと突発的に絶叫するも、喉に良くないので後悔したり、我慢して余計にストレスが溜まってしまう。

曲のタイトルは「知らない」。とりあえず先ほど、歌詞をカラッカラの雑巾から水滴を絞り出すが如くひねり出せたので、燃え尽きたような気持ちでこれを書いている。またいつものデニーズ。朝5時、窓の外はまだ暗い。時間帯にしては客10人と繁盛していて、店内では槇原敬之さんの「どんなときも。」が、ジャズ・インストバージョンで流れている。

最近、本屋や雑貨店等でも、こういったJ-POPをジャズやボサノヴァアレンジで演奏したCDがよくかかっている。しかもBGMとしてかかるだけではなく、とても売れているそうだ。

こういったジャズカバーBGMが粗製乱造されていく様は、「J-POPもこうすれば聴けるでしょう?」と言われているような感覚になる。なぜ現行J-POPをそのままかけるのではダメなのか。なぜ本物の60年代モダンジャズはかからないのか。

悔しいが、レコード会社やレーベルにお金が生まれる方向に商品が傾くのも当たり前だ。需要が生まれるから、そういった商品が増える。レストランや書店等、店舗でのBGMとしての需要、そして個人で楽しむための需要。

私は日本人として、昭和の歌謡曲に始まり、70年代にニューミュージックが生まれ燦然《さんぜん》と輝き、それらの音楽を元に、80年代から90年代にかけて数々の音楽家が作り上げた、この国にしかないJ-POPというポップスに誇りを持っている。他の国の音楽をただ真似するのではなく、吸収し、しっかりとこの国にしかない音に変化させている。しかしもちろん、中には洋楽の上辺だけを真似したハリボテのようなつまらない音楽もある。

楽だからか、それとも楽しいからか、売れるからか、最近は若いアーティストもカバーアルバムをよく出している。自身で作詞や作曲を行わない歌手の方ならわかるが、オリジナルを作り出してなんぼのシンガーソングライターやバンドが、産みの苦しみのないカバー作品を出すというのはどんな気持ちなんだろう。

そりゃもういいメロディやアイデア、ジャンルは出尽くしているかもしれない。自分の音楽だって気付いていないだけで誰かの曲に似てしまっていることだってあるだろう。だけど、それでもやはり新しい音楽、今までにないバランスの音楽を追い求めていたいのだ。そこの人！　そう思わんかね（絡み酒）！

窓の外が明るくなって来た。もうすぐ6時だ。今日も映画の撮影だ。数日寝ていないけれど、頑張って仕事の山を乗り越えろ。頑張れ。頑張れ。

20年ほど前に松尾スズキさんが「頑張らない」という言葉を流行らせ、それに同調した人たちが「頑張れ」という言葉を批判しはじめた。以後、「無闇に頑張れと言うのは恥ずかしい」という論調が世間にも浸透した。故に「頑張れ」という言葉は悪い印象が強かったけど、最近はどんどん「頑張れ」と励ますことの大事さが復活して来ている気がする。

少しズルいと思うのは、当の本人である松尾さんは、側で見ている限り、実は頑張るタイプの人間だということだ。頑張ることの大事さを知っていながら「頑張らない」と主張したことで、「頑張らない」という言葉を盾に堕落をひけらかす人が増えてしまったように思う。それは少し残念である。

負けるな。頑張れ俺。限界を超えろ。必ずいい詞が書ける。この原稿が載る頃には、名曲ができてるはず。頑張れ。頑張れ！

『箱入り息子の恋』と『地獄でなぜ悪い』

映画出演が続いている。嬉しい。

初主演映画である市井昌秀監督作品『箱入り息子の恋』が無事にクランクアップしてホッとしたのも束の間、現在は園子温監督の『地獄でなぜ悪い』の撮影真っただ中。『愛のむきだし』『冷たい熱帯魚』を生み出した鬼才の下で、今までのどの現場の形とも違う刺激的な時間が、恐ろしい速さで過ぎていく。

速いと言っても撮影期間が短いわけではなく、いろいろと他の仕事の宿題やら先々の企画やらを同時に進めているため、ゆっくり味わう時間がないというだけである。せわしないけれど、自転車が速く漕《こ》ぐほどに安定するのと同じように、意外と精神的にも落ち着いている。時間をかけてなにか一つのものにのんびり打ち込むより、こんな怒濤の日々のほうが、有効に時間を使える場合もある。

音楽だって、最高級のスタジオで時間をかけてレコーディングするより、狭い場所で短い時間で録ったリハーサル音源のほうが名演だった、なんてことはよくあることだし、仕事を掛け持ちしている状況で作った曲のほうが評判が良かったりする。

昔から何度も「やること一つに絞りなよ」と助言をもらい続けて来たけれど、好きな気持ち、やりたい気持ちがあるのだからしょうがないとここまできた。絞らなくて本当によかった。継続は力なり。人の助言を無視することもまた、ある意味力なり。今まで親切な言葉をくれた皆さんありがとう。

『箱入り息子の恋』のストーリーは、主人公の健太郎（35歳・童貞）が、両親が勝手に行った代理お見合い（本人ではなく親同士だけで行われるお見合い）をきっかけに夏帆ちゃん演ずる奈穂子と出会い爆発的に変わって行くというもの。

そして『地獄でなぜ悪い』はというと、國村隼さん演じる極道の親分と、二階堂ふみちゃん演じるその娘との喧嘩に巻き込まれ、大変な目に遭うのが、通りすがりの童貞、つまり私である。

この童貞あてがわれ力。今まで出演した大人計画の舞台での役も8割方童貞である。もはやこうなってくると設定に童貞と書かれていない役までもが、実は童貞だったんじゃないかと思えてくる。

童貞。しかしこうしてよく観てみると可愛い言葉だ。童の貞である。貞とは節操を固く守ることと辞書に書いてある。要するに「一本気な子供」ということではないか。そんな大人に私はなりたい。セックスはしたいけど。

ともかく、そんな二人の童貞を演じたことによって、これからの人生が変わっていく確信に満ちている。もしかしたらこの2本の映画を経験する前と後では、芝居の仕方も、仕事へのスタンスも、もっと言えば音楽の作り方でさえも、変わってくるんじゃないかと思う。人間そう上手く変わることなどできない、と思っていたけれど、そんなこともないのかもしれない。『テキサス』で要求され、追求したけどわからなかったことが、この2本の映画で掴むことができた気がする。

何がそんなに変わったのか。まだ言葉にするのは難しい。大雑把に言うと、演ずることの楽しさ、醍醐味がわかった気がしたということとか。だから今後、抜群に演技がうまくなるとか演技の方向が変わっていくとかそういうわけではないだろう。もっと精神的な、内面の部分で、今まで漠然としていた「人はなぜ演技するのか、なぜ役者という職業があるのか」という疑問に対して、腑に落ちる感覚が見つかったからだ。それをしっかり、今後の仕事に繋げていきたい。

『聖☆おにいさん』

年末だ。いろいろあった2012年。密度が濃かった平成24年。全国ツアーをやり、CDシングルを3枚出し、初主演の舞台と映画をやらせてもらい、急にちんちんに激痛が走って性病かと不安でいっぱいになりながら病院に行ったら「自慰のしすぎですね」と医師に言われ赤面しながら帰ったりした。来年もどうか、今よりさらに濃く楽しい一年になりますように(ちんこは痛くならないでください)。

まだここに書いていないニュースといえば、アニメーション映画『聖☆おにいさん』への声の出演である。ブッダとイエス・キリストが天界から現代日本の立川の住宅街に休暇で(しかも風呂なしアパートでお金を切り詰めながら生活しに)訪れたら。そんな設定のギャグ漫画がアニメになる。そして私はブッダ役をやらせてもらうことに。もう一人のイエス役は森山未來くんだ。

憧れていたアニメ作品への声の出演。本当に嬉しい。アフレコ収録していてとても楽しいが、とはいえ役に必死で、喜んでる場合ではないのも事実。役者をやっていてもブッダ役なんて滅多にくるものじゃない。原作を改めて読み直し、参考文献を調べ、手塚治虫の『ブッダ』を読みふけり（『聖☆おにいさん』の作中ではブッダは手塚版『ブッダ』の大ファンという設定）、どんな性格の人だったのか想いを巡らせる。

「老いが怖い」「死んだらどうなる」そんな気持ちから悟りへの旅を始めたブッダ。調べれば調べるほど普通の人に感じる。超能力も使えないし、人の上に立って国を治めたわけでもない。自分が勉強不足なばかりに、これまで俗に神様と呼ばれるようなファンタジーな存在だと思っていたけど、二千数百年前から現代の人間が抱える悩みと同じことで悩んで、考えて、答えを見つけて、様々な場所で「この問題はこう考えるといいんじゃないかな」と人に教えて回り、その考えが今でも人々に影響を与えているというリアルな存在だ。近所に住んでる先輩くらいの身近さを感じた。

ブッダは対話で伝えることを主にして文字にして残すことはしなかった。今伝わっている言葉はほぼ伝承なんだそうだ。だからお経や教えも書き残した人の分だけ種類があるし、その人のアレンジが入っている。本当のブッダの人となりは推測するしかない。

しかし、そんな自分なりに出来上がったブッダの性格や感情を声だけで表現することの難しさたるや。素人にはまったく無理です。声優という職業のすごさを実感しながら、日々マイクと格闘中である。

その昔、テレビで放映される洋画を舞台俳優が中心になって吹き替えをしたのが、声優という職業の始まりだそうだ。だから元は声優も俳優も同じだったんだろうけど、今となってはやっぱり違う気がする。

声優とは、たとえば画面に動かないマッチ棒1本が映っていて、そこで「燃えたいなあ」と一言声を当てるだけで、無機質なマッチ棒の性格や年齢や外側から見える感情、外からは見えない内面の気持ちを同時に表現できる職業だ。

自分がやっても「このマッチ燃えたそう」ということしか伝えられない。声の中の情報量に差があり、普通の役者と声優とじゃＤＶＤとブルーレイくらいに差があるはずだ。

だから、ブッダ役決定のプレスリリースで「星野源が声優として熱演！」と書いてもらっていたりすると、「めっそうもない」と叫びたくなってしまう。俳優という職業を知り、アニメが好きだからこそ、気軽に「声優」なんて名乗れないのだ。

ともかく、観た人に面白がってもらえるように頑張ります。来年もよろしく。

AV女優

あけましておめでとうございます。

この原稿を書いている時点ではまだ年を越す前の12月。相変わらず深夜のデニーズにいる。

新しい店を開拓しなければいけないと思いつつ、住んでいる場所柄、夜中入ろうとすると照明が暗めのバー的な（昼はレストラン。昼なら入れる）店ばかりで、一人で食事&原稿書きに入るには度胸が足りない。眼鏡と風邪予防マスクと黒ダウンジャケットで店前をウロウロしてると怪しまれるので、気が付けばいつもポピュラー・レストラン、デニーズのドアを全力の笑顔で開けてしまう。

せっかく新年になったことだし、いま一度このエッセイのことを考えてみたい。そういえば連載開始時のプロモーションのために書いた、内容紹介の文章はこれだった。「仕事や生活など周りで起きたことに対して、真夜中のテンションで哲学する連載」そうだったっけ。全然憶えていない。よし、じゃあそうしよう。今、哲学したい事柄といえば、やっぱりエロいもののことである。「星野さん、またエロですか？」という担当編集者の突っ込みが聞こえる。幻聴かな。疲れすぎると、そういうことがよくある。

♪　疲れあるある言いたい

♪　心の声に返事しがち

この世にはエロを表現する仕事がたくさんある。映像、写真、漫画、ゲーム。かたや漫画やゲームには制作者たちのエロに対する想いみたいなものが色濃く滲《にじ》み出る場合が多く、それまで感じたことのないエロスへの飽くなき探究心と情熱を感じてしまう。

かたや写真やＡＶには生身の女性のすばらしさが爆発し、「やはり生身の女は強力」と思い知らされる。どちらも本当に大好きです。

そしてどんなアダルト作品にも映画を観たり音楽を聴いてこちらが刺激を受けて作品が生まれるのと同じように、クリエイティビティを感じてしまう。作品を観て創作意欲が湧くこともたくさんある。

もちろん誠実さを感じない手を抜いた酷いものもあるけれど、それはドラマや映画にだってあるし、小説や音楽も同じ。アダルト作品だからって誠実さがないなんてことはない。

そんなことを日々ぐるぐると考えていた矢先、知り合いの男がAV女優を指して言った言葉たちがある。要約すると、

・なぜそんな仕事を選んだのか

・結局、借金とかで金が欲しいからか

・もしくはただのヤリマンなのではないか

・どちらにしろ社会的には最低の人間

・一回でもAVに出た女は、一生人並みの幸せは味わえない

憤《いきどお》る。この爆発しそうな怒りを私は抑えておくことが出来ない。

なぜそんな恥ずかしい発言ができるのだろう。彼は普段AVを観るという。世話になっているはずなのにそんなことを言える意味がわからないし、その醜悪さにやりきれない気持ちになった。本当に馬鹿野郎である。

今やアダルト作品に出演する女性はとても多く、美しい人だって山ほどいる。初めから自分の名前が冠で売り出される「単体女優」はほんの一握り。それでも大金がも

らえるわけではない。１００人のうち99人は、大人数で出演する企画ものだったり、もしくは名前の表記されない〝素人〟として出ることが多く、ギャラだって最初はものすごく少ないそうだ。金を稼ぎたかったらひと月に何十本もの作品に出演しなきゃならない。

昔ならいざ知らず、この厳しい業界に金がないという理由だけでアダルト作品に出演する女性はとても少ないと思う。それなら他のことをやった方が稼げるからだ。どうやっても逃れられない理由で仕方なく出演せざるをえなくなった場合だってあるだろう。最近オープンになってきたからといって、クリーンな業界ではないはずだ。恐ろしい局面もあるだろう。それはもちろん、いわゆる芸能界も一緒だろうが。

そしてもうひとつ、例えばセックスが好きでそれを職業にしたとして、それのどこが悪いのか。

私は音楽が好きで、芝居が好きで、文章が好きで、それを仕事にしている。それとセックスが好きで仕事にしていることに、違いは1ミリもないと思っている。どの仕事も、スタッフや演者の頑張りがあって初めて成立するものだし、好きなものを仕事にするには大変な努力が必要だ。そこに挑戦するのはとても難しいけど、すばらしいことだと思う。

多少乱暴な言い方だけれど、私は人前で歌うことと人前でセックスすることは同じだと思っている。人前で表現するっていうのは恥ずかしいことだ。そしてそれでお金をもらうということも。どちらも同じように堅気の職業とは言えないだろう。そこに善し悪しの差はない。

マイケル・ジャクソンがモータウン25周年のコンサートで、「ビリー・ジーン」の間奏中、人前で初めてムーンウォークをして喝采を浴び、自身の才能が大観衆の前で解放されスターダムにのし上がるきっかけとなったあの瞬間の輝き。それと、代々木忠監督作のAV『ようこそ催淫（アブナイ）世界へ9』の中で、なんの変哲もないエステティシャンが、それまで抑えられていた性への感情を解放し、SEX中に笑い出し、側で観ていた別の男優があっけにとられ、つられて笑い出し、絡んでいた男優も気持ちが入りすぎて様子がおかしくなり、行為後、涙を流しながら二人抱き合う姿を観た時の輝きは、規模の差はあれど、どちらも同じく感動する、最高の名シーンだと思う。

親に顔向けできるのかと責める人もいるが、もちろんできる人はいるだろうし、逆に歌手になりたくても親に言い出せず人生を終える人だって大勢いる。そして、本当ならば、親がどう思うかなんて関係ないはずだ。自分の人生は自分で決めるものである。手垢のついた言葉だが、それがどれだけ難しいことかを認識してからでは、言葉の重みが違う。

とんでもないアダルト作品が観られる時がある。それは誰にでもできるものじゃない。誰にでもできないことを女優も、男優もいつだって追求している。厳しい世界で、この瞬間も。カッコいい職業だなと思う。

すばらしいセックスを観て、「今年も一年、頑張ろう」と心から思う。そんな年明けがあってもいい。今年もよろしく。

生きる

ありのままを書こうと思う。

2012年12月16日、午後2時。

家の中で、ボタボタとよだれと涙を垂らしながら床に座っている。

ニューアルバムの制作は最後に残った1曲「化物」のボーカルとサイドギターの録音を残すのみだが、スタジオへの入り時間まであと2時間しかない。しかし歌詞ができておらず、苛立《いらだ》ちは募り、大声でわめき、自分で自分の顔を思いっきり、何度も殴った。泣いた。子供じみていて恥ずかしい。そんなことをしても何も解決はしないと頭ではわかっているけど、その頭が正常に働かなくなっていた。テレビやラジオに出ていた時はそれが見えないようにしていたけれど、あの時私はかなりおかしくなってしまっていた。

己が設定したハードルを越えたいがために、様々な仕事と並行しながら作詞作曲作業を進めていた。睡眠時間はなくなり、ハードな工程を進めていくうちに、いつの間にか圧倒的な孤独感の中にいた。周りにはスタッフがいて、心配してくれたり、手を差し伸べてくれていたが、あの時は気付かないほど没頭してしまっていた。何度も締め切りを延ばしてもらっているので、もう甘えられない、という気持ちが心の扉を閉じてしまっていた。

なんとか詞を書き上げ、急いでスタジオに入ってサイドギターを録音し、歌を歌っていると、いきなり「ズキン」と後頭部から首にかけて痛みを感じた。4日前、マッサージを受けた後に感じた痛みと同じだ。あの時は家で横になっていたら治まったけど、この大事な時にまた頭痛か。勘弁してくれよとイライラしつつ首に湿布を貼り、頭痛薬を飲むと痛みが和らいだのでレコーディングを再開した。

深夜2時。ボーカルとコーラスの収録を終えた。これですべてのレコーディングが終了した。苦境を乗り越えた達成感と共にスタッフ皆で「お疲れさま！」と拍手すると、急に目の前がぐにゃっと曲がった。

あれ？

猛烈な勢いで変な気分になり、誤魔化そうと携帯電話を手に取り「メール見てくる」とスタジオの外に出ると、金属バットで思い切り頭を殴られたような痛みとともに、立っていられなくなり、地面にへたり込んだ。

痛い。頭の中が超痛い。歩けない。壁を伝いながらよろよろとスタジオに戻り、スタッフに頭痛を訴え、保冷剤を持ってきてもらった。それを頭に当て、ソファに横になったが痛みは増す一方で、結局救急車を呼んでもらった。

15分後救急車が到着し、担架に乗せられ乗車したが、年末の日曜深夜に脳神経外科の救急を受け入れてくれる病院はなかなか見つからない。救急車はスタジオの前で立ち往生したまま動かず、その間ずっと担架の上で「痛い、痛い」と奇声を上げながらジタバタしていた。

どの病院に電話しても「患者がいっぱい」「脳外科の医者がいない」等の答えしか返ってこなかった。ぶっきらぼうに「内科でもいい？」と訊く救急隊員に「脳外科、これは絶対脳外科」と答えたが、その後20分が経ち、あまりにも埒《らち》があかないので、気付けば他の病院に電話をかけようとする救急隊員に「内科あああ！」と叫んでいた。

救急車が動き出し、大音量でサイレンが鳴り出す。今自分はあのサイレンの〝内側に居る〟。その事実に異様な恐怖を感じながらも、少しだけ知らない世界を知ったような、得したような気持ちになった。

とある総合病院の救急センターに運び込まれると、呆れた顔の女性医師と目があった。「痛い」というと「はいはい」といなされた。その内科医はしばらくカルテに何かを書き込んでおり、特に動かなかったのでこれはテキトーな検査をされるパターンだと怖くなりアピールしようと思った。

「絶対なんか脳がおかしいです」と言うと「うーん、骨髄炎じゃないですか?」と内科医。さらに訴えると「寝てると思うけど……」と脳外科の先生に電話してくれた。

しかし繋がらず、交渉の末、結局CTスキャンを撮ってもらうことになった。運び込まれる時、内科医の方向に結構な勢いで嘔吐してしまい、「もう!」とツンな態度をよけいプンスカさせてしまったので吐きながら謝った。

CTスキャンの中に入り、頭の痛みと強烈な吐き気に、ここで吐いたら全部自分にかかると必死に耐えた。スキャンが終わると、女医さんが慌てて走ってきて言った。

「星野さん! 脳、出血してます!」

「やっぱりいいい」

そう呻きながらストレッチャーで運ばれた。俺死ぬのかな、と感じると共に、やっと内科医がデレてくれた、と妙にホッとした。

その後すぐ、別の脳外科の先生に連絡が繋がった。深夜にもかかわらず駆け付けてくださり、精密検査を受けることができた。くも膜下出血という診断が下った。脳の動脈に慢性的で大きな動脈瘤《どうみゃくりゅう》があり、そこからの出血だと言われた。現在患部はかさぶたができて塞《ふさ》がり、血はひとまず止まったが、なるべく早く手術をしなければいけないらしい。

日が明けて翌日。朝7時に、動脈に管を通して行うカテーテル手術（コイル塞栓《そくせん》術）をすることになった。担当医の先生は「絶対に助かります」と目を見て言ってくれた。それを聞いて、素直に「そうなんだ」と思った。自分以外の親や、付き添ってくれていたスタッフ達には、後遺症の可能性も含め全快の可能性は低いと言っていたことは後日知る。あの一言がなかったら私は完全に不安に押しつぶされていただろう。その判断をして下さった先生には、感謝してもしきれない。

手術までの時間も再破裂はなく、意識は常にあった。検査後にすぐ運び込まれた集中治療室に親やスタッフ、マネージャーたちが来てくれて、みんなが励ましてくれた。なるべくくだらない冗談を言うようにした。悲しくなるので、あまり泣かれたくなかった。まだ仕事もやる気で、後日に控えたタワーレコードの「NO MUSIC, NO LIFE.」のポスター撮影を「面白いから病室でやろう」とスタッフに大真面目で提案したら苦笑いで返された。アドレナリンが出ていたのか、最悪の状況だというのに、なぜか明るかった。

手術が始まる時間だ。ライブや演劇の本番が始まる時間は決まって夜7時。自分には慣れた時間だ。手術開始は朝の7時だったが、錯乱したのか自分には夜と朝の違いがわからなくなっていた。手術室へストレッチャーで運ばれながら、待合室にいるみんなに手だけを挙げて振り、言った。

「7時開演だよ」

誰も笑わなかった。逆に泣かせてしまった。申しわけない気持ちになった。

ヒーリング系の音楽が鳴っている手術室に入ると、助手のおばちゃんに「ごめんね、星野さんの曲じゃなくて」と言われ笑ってしまった。「そんなの恥ずかしくて全身麻酔でも起きちゃいますよ」と返した。

楽勝だ。絶対に成功すると思っていた。手術準備が整い、「じゃあ麻酔打ちますね」と声がして、腕に注射器が刺し込まれた。目を閉じると、寝室の電気が消えるように、光も、音もプッッと消えてなくなった。

地獄はここから。

生きる 2

暗闇。

喉の奥に何か刺さっている。管か。なんの管だ？ 口腔《こうくう》に溜まった唾《つば》が、喉の奥に垂れ、気管支に入り、むせた。

グボォ！

とたんに身体中をキツく押さえる幾つもの手の感触がある。少し目を開けると眩《まぶ》しくて真っ白だった。人がたくさんいる。そうか、ここは手術室か。じゃあ、もっと寝てなきゃ。目を閉じると、またそこに一瞬の暗闇が現れた。

寒い。なんだここは、寒すぎる。

「寒い……寒い……」

と声に出さずにいられない。どこかから声が聞こえる。

「寒いって」

「ちょっと我慢してくださいね」

手術は終わったのだろうか。

震えながら目を開ける。手術台から、ストレッチャーに移し替えられる途中だった。いろんな人が自分の身体を持ち上げた。それにしても寒い。再び目をつぶって開けると、いつの間にかそこはもう手術室ではなく、集中治療室だった。

暗闇の右側に、先生がいた。

「星野さん、手術は成功しましたよ」

それを聞き、ありがとうございますと掠《かす》れた声で言って初めて、自分に酸素マスクが付けられていることに気付いた。カテーテルを挿入した太ももの付け根から腹のあたりにかけて、挿入口を押さえるためにコルセットがキツく巻かれていた。足は縛られてベッドに固定されていた。寝ている間に足を曲げて動脈から血が噴き出さないようにする為だ。当たり前だが頭も固定されている。カテーテルを使って動脈瘤にはめ込んだコイルが変形しないようにするためだ。ここに血液が流れ、やがてコイルの隙間に血栓ができ、動脈瘤はカチコチに固まり、破裂の危険性は日に日に下がっていく。そういう手術だった。

両腕には点滴がいくつも刺さり、自動的に血圧を測る機械が腕にまかれ、胸には心電図をとる様々な色のコードがくっついていた。朧《おぼろ》げな意識の中、病人っぽい、と思った。

両親、事務所やレーベルのみんなが顔を見に来てくれた。みんな「よかったよかった」と言ってくれているその笑顔が少しこわばっている。

ここからが勝負だと言う。術後1週間が一番、合併症が起きる可能性が高く、そこで後遺症が残るかどうかが決まってくる。安心はできない。

術前にあった高いテンションは時間が経つにつれ低くなっていき、随分と冷静になっていった。それと同時に今まであまり感じなかった頭の痛みが圧倒的に強くなっていく。

食べ物も食べられず、水も飲めず、片時も休まずに続く頭の痛み。それは偏頭痛の比じゃない、爆発的な痛み、それがただ続く。痛み止めを打ってもらっても痛みは変わらず、胃が拒否反応を起こして吐き気をもよおし、真っ黒い水を嘔吐する。

「こ、これは血ですか?」

メガネをかけていないから、吐いたものが血に見えた。しかし看護師は答えてくれなかった。恐らく点滴から流れた水分が体内の不純物と一緒に溜まっていたんだろうと気持ちを立て直す。

私は吐くのがとても苦手だ。体中の筋肉を使って吐こうとするも、なかなか出てこない。だから嘔吐する時はいつも同時に筋肉痛になる。そして今回はそれが頭痛の元にもなる。吐き方が悪いと肺に入り合併症を起こす。鼻腔に入っても炎症を起こす。もちろん頭を動かしたら、再発、後遺症の危険性は高くなる。いろんなところに気を使いながらベッドの外に吐くしかなかった。

そして、それまでの31年間ひっきりなしに動かしてきた身体が急に動かせなくなるというストレスからみるみる神経が苛立ち、同じく集中治療室にいるであろう他の重篤な患者さんのうめき声、息づかい、機械によっておそらく人体から聞こえているであろう不思議な音、それが気になって気になってまったく眠れない。嗅覚も聴覚も恐ろしく過敏になり、時には集中治療室の外で誰かが食べているであろうクッキーらしきものの匂いで嘔吐する時もあった。遠くの方で聴こえている看護師たちの話し声に発狂しそうになった。24時間、不眠不休で痛みと神経過敏に耐え続ける。それが3日間続いた。

それまでに抱いていた希望ややる気、人生の中で何度も苦境を乗り越えることで生まれた、なけなしの忍耐力や誇りは、そこで、そのたった3日間で、すべてなくなった。キレイにゼロになった。今すぐにでもベッドの頭上にある窓から飛び降りたい。早く死んでしまいたい。こんな拷問のような苦しみはもうたくさんだと思った。

お見舞いに来てくれる親やスタッフたちとの時間だけが救いだった。自分が何者なのかを自覚させてくれる唯一の時間。みんなが集中治療室から出た瞬間、ひとり、行かないでくれと声を殺して泣いた。

体が生きようとしている。前からそうじゃないかとは思っていたが、やっぱり当っていた。死ぬことよりも、生きようとすることの方が圧倒的に苦しいんだ。生きるということ自体が、苦痛と苦悩にまみれたけもの道を強制的に歩く行為なのだ。だから死は、一生懸命に生きた人に与えられるご褒美《ほうび》なんじゃないか。そのタイミングは他人に決められるべきではない。自分で決めるべきだ。俺は最後の最後まであがいてあがききって、最高の気分でエンドロールを観てやるぞと思った。

暗闇の中、喉から出てきた「地獄だ、これ」というかすかな呟きが酸素マスクに充満する。地獄は死んだ後に訪れるわけじゃない。甘美な誘惑、綺麗ごと、そういったものにカモフラージュされて気付かないが、ここが、この世が既に地獄なのだ。私たちは既に地獄をガシガシ踏みしめながら、毎日生きているのだ。

地獄の仏は4日目に現れた。看護師長の登場である。

「具合も良好だし、本当はまだここにいてもらいたいんですけど、個室に移りますか？」

やっとだ。すがるような気持ちでその言葉を受け入れた。集中治療室から個室へストレッチャーでの移動。窓にカーテンがかかって常に薄暗かった部屋から、廊下の眩しい光が目を射す。瞼《まぶた》をぎゅっと閉じながら自分の部屋に着き、目を開けると、ちょうど頭上にある窓が開いていた。青空だった。外からは子供たちがサッカーで遊ぶ声が聞こえた。風が吹き込んでくる。少し寒い。

その一瞬、頭痛が消えた。

雑踏が聞こえる。待ちに待った自然音だ。子供たちや飛行機の音、木々を揺らす風。機械音やうめき声ではないノイズ。なんて気持ちいいんだろう。そう思い、目をつぶってウトウトしていると、様子を見に来た男性の外科部長がバーンと入ってきて豪快に言った。

「なに寝てんだ！　運動しなさい！　もう大丈夫なんだから！」

そこからは、相変わらず派手な頭の痛みに耐えながら、ほんのちょっとずつ前に進む日々だった。水前寺清子さんの歌はすごい。「三歩進んで二歩さがる」とはまさにこのことだ。今日は初めて1分間ほど頭痛がなかった、と思いきや、翌日はとんでもない痛みにのたうち回る、というようなことを繰り返し、少し見えた希望が瞬く間に消えていく絶望を何度も味わった。

5日目にはやっと水が飲めるようになり、やがて1週間が経ちフルーツを食べられるようになると、その美味さに笑ってしまった。最初はメロン。メロンと言っても皆が想像するようなものじゃない。普通に食べたらキュウリかと思うくらいの甘さのないメロンだ。だけど、そのメロンが甘い甘い。長く断食してたのだからそりゃそうだ。日差しに当たり、小さく四角く切られたメロンがダイヤのように輝いて見えた。

もちろんそんな日が続くわけはなく、翌日にはフルーツを食べた直後に嘔吐してしまった。相変わらず痛み止めの注射は合わないようで、打てばすぐ吐いちゃうし、さらにはパイナップルを食べると即嘔吐なこともわかった。その度にひどい頭痛に襲われたが、その頃には吐くことが容易にできるようになっていた。もう体中の筋肉を使わなくても気軽に、言わばスナック感覚で吐けるようになった。看護師が入ってきた

瞬間にも、

「オエエエエウ～（お疲れさまです～）」

と吐けるようになった。非常に成長を感じた。

朝の6時に血圧と体温を測る。そこから起きて、夜の9時半には消灯。1日がやたら長い。なんの誇張もなく、1日が1年のように感じられた。約3ヵ月。あっという間の復帰と世間は思っているかもしれないが、こちら側の感覚としては十分に長い。

次第にうどんが食べられるようになり、白米が食べられるようになり、おかずを完食するようになり、少しずつ痛みにフォーカスしないで済む時間が増える。テレビを観たり、iPodを持ち込んで音楽を聴いたり、気が散らせると同時に欲望が生まれていく。

腹が減った。セックスがしたい。笑いたい。詞が浮かんでメモりたいからノート買いたい。ギター弾きたい。面白い音楽が作りたい。芝居したい。コントがしたい。文章が書きたい。この一件をどうやって文章化してやろうか。ラジオでどう喋ってやろうか。

そんな欲望と呼応するように、頭痛は容赦なく攻めてくる。まだまだ窓から飛び降りる準備はできている。心がふらつく。不安でいっぱいになる。死にたくなる。その時つけっ放しにしていたテレビから、ふいに自分の曲が流れた。「フィルム」だ。

どんなことも　胸が裂けるほど苦しい
夜が来ても　すべて憶えているだろ
声を上げて　飛び上がるほどに嬉しい
そんな日々が　これから起こるはずだろ

そんなこと歌われたら飛び降りることができないじゃないか。ここで死んだら、今まで応援してくれた人たち、そして自分の音楽を裏切ることになるじゃないか。まだ死ねない。これから、飛び上がるほどに嬉しいことが起こるはずなんだ。そんな日々が来ることを、俺は、歌の中で知っているんだ。

病室で、一人きりのクリスマスや一人きりの年越しを終え、倒れて入院してから3週間経った退院の日、迎えにきてくれた両親、スタッフを引き連れ、命を救ってくれた先生、支えてくれた看護師の皆さんに深くお礼をして、病院を後にした。なんだか清々しいような、寂しいような、不思議な気持ちだった。『ショーシャンクの空に』のティム・ロビンスの真似をすると、スタッフ達が笑ってくれた。

今回行ったコイル塞栓術という方法には、術後も検査や投薬が必要となる。様子を見ながらずっと付き合っていかなきゃならない。地獄は相変わらず、すぐ側にある。いや、最初から側にいたのだ。心からわかった、それだけで儲けものだ。本当に生きててよかった。クソ最高の人生である。

楽しい地獄だより

1

正月明けの退院から2カ月後に復帰すると、溜まっていた仕事が押し寄せ、すぐに忙しくなってしまった。休養でご迷惑をお掛けした方々にお詫びをし、わたわたと仕事する日々。

アルバム『Stranger』の発売を延期したため、リリース後ゆっくり着手するはずだった『聖☆おにいさん』の書き下ろし主題歌「ギャグ」を制作する時間が少なくなってしまった。そこで、セルフプロデュースのまま、労力を使う編曲の作業だけ誰かにお願いしようということになり、亀田誠治さんに手伝っていただくことになった。優しい方で、自分の話に真摯に耳を傾けてくれた。いつも一人での作業だったので、アレンジャーという仕事を初めて観察させていただき、とても楽しく、勉強になった。

自分が小さい頃、「一発ギャグ」という言葉がまだ生まれる前。「ギャグ」という言葉は今よりもカッコよかった。もちろん、今の一発ギャグの面白さ、生み出す大変さは重々理解しているつもりだが、いつの間にか浸透し世俗的に使われるようになった

「一発ギャグ」を経た後の「ギャグ」は、世間的にはやはり少し安っぽい印象だ。個人的にはもちろん「ギャグ」も「一発ギャグ」も、どちらも変わらず大好きでカッコいいと思っている。

小さい頃よく接していたクレイジーキャッツの映像や赤塚不二夫のマンガ、シティボーイズライブなど、そこに存在するギャグはいつも洒落ていて、知的かつ感覚的で、狂っていた。「ガチョーン」も「コマネチ」も「だっふんだ」も、頭で考えても何が面白いのか理解できないが、体は勝手に笑ってしまっていた。「オヨビでない？」とおどける植木等さんが、普段は真面目でまったく無責任男じゃないと知った時、ギャグというものの奥深さを知ったし、何かを隠しながらも人を笑わせられることを魅力的に感じた。「ギャグ」は手軽で安価なものではなく、人を意味無意味、意識無意識関係なく、根本から動かしてしまうものだと思う。

マンガ原作のアニメ主題歌ということもあり、様々なギャグマンガやギャグアニメに対しての敬意を詞にしたのがこの歌だ。詞が書けず悩んでいた時、とある少年マンガを読んでこの歌詞ができた。

春になり、「ギャグ」の制作を終えると、ニューアルバム『Stranger』、映画『聖☆

おにいさん』、映画『箱入り息子の恋』の宣伝期間に突入した。それと同時に始まったのが、映画『地獄でなぜ悪い』の主題歌の制作だった。がっつり出演もしていたが、編集済みのDVDを見せてもらうと、物語のラストが撮影時とずいぶん変わっていた。脚本の段階ではもっと現実的で寂しい終わり方だったものが、虚構と現実が急速にグチャグチャに混ざるようなエンディングに変化していた。

この終わり方にふさわしい、映画館で目眩がするような曲を書きたい。取って付けたようなタイアップ曲ではなく、作品と一体化しつつ、その曲があることによって映画が何割増しにも好きに感じるようなものにしたい。

まず、机を叩いてリズムパターンを録音し、それをループさせて歌を乗せた。明るくて気持ち悪い曲にしたかったので、テンポは速く、メロディは楽しく、コードにはメロディに合わないテンションを混ぜた。

編曲、バンドとの録音、ストリングスやホーンセクションのダビングもすべて終え、オケが完成してから歌詞を書きはじめたが、いつものように進まなかった。出てくる言葉が映画の内容に近すぎてしまったり、逆に個人的な歌になりすぎてしまったり、ちょうどいいラインに行くことができない。書いては消しを繰り返して数日が過ぎて6月、2ヵ月ぶりの定期検査入院の日が訪れた。

主治医の先生は「ちゃんとした結果は1週間後に出ますが、今までの検査も問題ないし、大丈夫でしょう」と言ってくれたので、気楽に臨《のぞ》んだ。看護師さんたちが笑顔で迎えてくれ、挨拶すると申しわけなさそうに言われた。

「今日、隣の個室の方がちょっとうるさい人なんです。夜眠れないかもしれないから、嫌だったら遠慮なく言ってくださいね」

その夜、テレビも電気も消して寝ようとすると、隣から声が聞こえた。

「助けてくれえ！」

ああ、確かに声が大きい。

「痛い」

「辛い」

お爺さん、気持ちは痛いほどよくわかる。わかるけど、ちょっと声に出しすぎだ。一分の隙もなくずっと唸り、喋っている。他の部屋の人たちだってみんな同じように痛くて辛くて寂しいが、迷惑をかけないようにぐっと我慢している。そんなにガチャガチャナースコール押しても、看護師さんはめちゃくちゃ忙しいのだ。しばらくして看護師が部屋に駆け込むと、お爺さんは吐き捨てるように言う。

「やっと来たよ！」

とはいえ別に身体に異変があったわけではなく経過は順調なので、看護師はすぐに出て行ってしまう。お爺さんはただ誰かに側にいて欲しいだけだ。すぐにまた唸り出し、ナースコールを押しまくる。お爺さん、それはさすがに来てもらえないよ。そう呟きながら、半年前のカテーテル手術後のあの不安な日々を思い出していた。

薄明かりの中、鞄から出したノートに筆が進む。

病室　夜が心をそろそろ蝕《むしば》む
唸る隣の部屋が　開始の合図だ
いつも夢の中で　痛みから逃げてる
あの娘の裸とか　単純な温もりだけを　思い出す

そこからはなぜか、歌詞がスラスラと書けた。

数日後「地獄でなぜ悪い」の歌詞が完成し、歌を吹き込むことができた。ホッとする間もなく7月に予定されている初の武道館ライブのリハーサルに突入。バンドメンバーに挨拶し、歌い、緊張感も高まった。ラジオや雑誌の連載等も既に再開し、休養のせいで先延ばしになっていた宿題や仕事はほとんど終え、やっと新しい次のステージに進めるぞと嬉しく思い、気合いも入った。

こっそり計画していたSAKEROCKのベスト盤制作をレーベルに提案するとぜひというこことになったので、武道館リハーサルの帰り、ライブを共にするSAKEROCKメンバーでもある伊藤大地に車で送ってもらう際にベスト盤の話をすると、とても喜んでくれた。わいわいと話をしながら窓の外の流れる景色を見て、これからは面白いことがいっぱいだな、としみじみ思っていた。

翌日。先週行われた検査の結果を聞くために病院の受付にいた。仕事のスケジュールを身体の具合を見ながら調整するため、事務所のスタッフも一緒に先生の話を聞く予定だったが、母親と一緒に30分ほど前に着いてしまった。脳外科の前に行くと、主治医の先生がいた。いつものように挨拶し、「すいません、早く着いちゃって」と言うと、先生は初めて見る表情で言った。

「どうぞ、入ってください」

「もう入っていいんですか?」

と聞くと、「はい」と促《うなが》すように言った。

「あ、もうすぐスタッフとかも来るので」

「その前にお話があります」

「あ、わかりました」

明るい声を保ちながらも、動悸で胸が痛い。だいたいわかった。もうわかった。嘘だろ? 扉の中に入ると、いつもは開けたままにしている扉を、先生がピシリと閉めた。時間を巻き戻したい。1秒前に行きたい。もっと前だ、1日前に行きたい。なにがいけなかった? なにか悪いことをした? そう思いながら診察室の椅子に座ると、先生が、「申し上げにくいのですが」と前置きして言った。

「再発が見つかりました」

うずくまる自分の背中に、母がそっと手を置いた。

2

これを読んでいる貴方はきっと、ここからまた過酷な闘病生活が書かれるのだろうと思うはずだ。しかし、それはもうやめにしたいと思う。

もちろん、再発の宣告を受けてからひと月半後の手術、その後続くリハビリ期間は本当に辛かった。しかし辛い日々のことはもう一度目の手術の際に書いているし、悲しいことばかり書くのは飽きてしまった。

前回の手術とどちらが辛かったかと言えば、「破裂もしてないし今回は楽だぞ」とちょっとでも思った自分がアホらしくなるほどに、二回目の方が断然過酷であった。一回目のは予告編レベル。予想外にフレッシュで驚きに満ちたパワーのある辛さだった。

でも、この期間、様々な出来事があったけど、最終的には辛いことより、面白いことの方が多かった。細かく言うと、「苦しい日々の中でも、面白いと心から感じられる瞬間」がとても多かったということだ。

面白さが、辛さに勝ったのだ。

コイル塞栓術後の動脈瘤再発は、同じ手術をするにしろ、開頭クリッピング（頭を開いて瘤の根元に直接クリップして破裂を防ぐ）手術をするにしろ、現在の状態では難易度が高く、国内に施術できる人が限られているという。つまり医師探しから始めなければならなかった。今すぐではないが、ひと月半後の武道館の頃には破裂の危険があるという。翌日以降に予定していた仕事はすべて中止、または延期となった。

先生に新しい医師を数人紹介していただいたが、すぐ決めるにはあまりに無知だと思い、自分でも調べていいですかと訊くと「もちろんです、納得いくまで探しましょう」と言ってくれた。

医師探しは難航した。やはり難しい手術なのだなと気持ちが落ち込みそうになる。結局、以前から様々なことでお世話になっていた、笑福亭鶴瓶さんに電話で相談に乗っていただいた。

「ほんまか」

「はい」

「そうか。詳しい人たくさんおるしすぐ探すわ。まかしとき」

鶴瓶師匠、お忙しいだろうにすぐに調べて折り返し連絡をくださり、主に海外で活躍している脳外科に詳しいS先生を紹介していただいた。さっそくカルテをお送りし、検討してもらうと、この手術に適任だろうと挙げてもらったのは主治医の先生が紹介してくれた医師と同じだった。それがK先生である。ともかく会いに行き、診察を受けようと決意した。

翌日、鶴瓶さんから電話があった。

「なあ源」

「はい」

「これから俺モントリオールに行くんや、映画の仕事でな」

「そうなんですか」

「生きとればな、俺みたいにおもろい仕事できるわ。しっかり治して来いや」

カッコいい師匠である。

翌日、K先生に会いたいですと主治医の先生にお願いし、紹介状を書いてもらった。

「ものすごい先生ですよ」

ものすごい？　そう言われ、少し不思議に思いながらさっそく病院に行くと、受付の方に言われた。

「K先生、診察かなり押しますが、大丈夫でしょうか？」

大丈夫です。と伝え待っていると予定の時刻を越え、どんどん時が過ぎていった。1時間、2時間、3時間。本当にめちゃくちゃ押している。診察室の出入りを見ていると、一人につきおよそ20分から30分もかかっている。長い。そんなに精密に問診するんだろうかと思っていると、「星野さん」と呼ばれた。

診察室に入ると、歳は見たところ60代後半の男性が、じっとパソコンモニターに映し出されたカルテを見ていた。これがK先生か。着席すると、先生は勢いのある口調で言った。

「手術やりたくないです」

「えええええ！」

唐突すぎて、コントみたいなリアクションをしてしまった。しかしそこから、いかにこの手術が難しいかの説明が始まった。

開頭クリッピングをするにも、塞栓したコイルが瘤から少し血管内にはみ出てしまっているため、それを挟み込まないよう取り除きながらクリップするしかなく、その方法だと一度その血管の血をすべてせき止めなければならない。しかし前頭葉に繋がる血管が患部付近にあり、それも一緒に止めた場合、手術時間が長くなると、血が行かなくなった脳の一部が死んでしまう（頭がおかしくなってしまう）。故に別の血管から前頭葉行き血管へのバイパス手術を行い、血の流れを確保してから手術することになるだろう、と言われた。

詳しいことはわからないが、確かに大変そうだ。怖い。本当だったら不安のどん底に陥り、涙の一粒でも出ようものだが、そうはならなかった。説明をしながら、K先生は唐突に違う話をしはじめた。

ちんこの話である。

重たい脳の話題から、気がつけば話は脱線し、「誰か死んだフリをしていても、ちんこを見ればどれくらい脳が生きているかわかる」的な、いわば学術的下ネタになり、後ろの女性看護師がクスクス笑う中、私はいつの間にかK先生の話に爆笑させられていた。

その後、倒れた直後に行った私の塞栓手術は破裂後のリスクを考えれば大正解だが、次は開頭手術するしか完治に近づく方法はないという話、別のちんこの話、いかに開頭手術の根治率が高いか、しかし技術が必要なために優秀な医師が少ないからもっと育てたいというご自身の目標の話、中島みゆきさんが好きだという話。真面目でシビアな話の間に下ネタや世間話を挟み込まれ、あっという間に時間が過ぎた。

そして最後に、この手術がいかにリスクがあるか、どのくらい後遺症や合併症の危険があるか、どんな順序で手術するか、すべて説明してくれた。希望も少なくリスクの高いシビアな状況を説明され、ふっと気持ちが落ち込んだその時、K先生は私の目をじっと見て言った。

「でも私、治しますから」

予想外の言葉だった。

「最後の最後まで、何があっても絶対に諦めません。見捨てたりしません、だから一緒に頑張りましょう」

そう言われて診察室を出た。

こんなことあるのか。診察が楽しかった。20分の診察のうち、15分弱は冗談だった。K先生の元には、全国から手術を断られた人が押し寄せる。きっとみんな重い絶望を背負って診察に訪れるはずだ。それを笑い飛ばし、シビアな現実を伝え、かつ希望を与える。診察の長さには理由があった。

主治医の先生にもS先生にも事前に伝えられたのは「執刀医は必ず自分で納得いった人に決めてください」ということだった。誰かの言葉に流されて医師を決め、もし失敗した時、取り返しのつかない後悔が訪れるからだ。

K先生の診察を終えた時、「この人になら殺されてもいいな」と思った。もちろん、それは冗談ではなく、死というものを猛烈に身近に感じている状況での、真剣な想いだ。この先生ならどんな結果になっても後悔しないだろう、そしてこんなに絶望している人間をたくさん笑わせてくれて、心を軽くしてくれて、真っすぐ目を見て、「治す」と言ってくれた人を信じないで誰を信じるのか。心狭き自分は昔から、本当に信じられる人間などこの世にはいないと思っていたが、人を心から信じるということは、その相手の失敗をも受け入れられれば可能だということにやっと気づくことができた。

K先生が忙しいため、手術までは少し期間を置くという。ふと思い出し、診察室に戻って「手術までの間、気をつけた方がいいことはありますか？」と訊いた。K先生は間を置かずに言った。

「ないよ」

「血圧とか気にしなくていいんですか？」

「破裂する時は破裂するし、死ぬ時は死ぬんだから」

「ええ！」

「何も考えずに楽しく生きなさい！」

また笑わされた。

3

手術入院まであとひと月。

6月末、二度目の休養が公に発表されると様々な人からメールや電話があった。しかしこの数週間、手術までの待ち時間が恐ろしいスピードで精神を蝕み、ただでさえ柔くなっているメンタルはおぼろ豆腐のようにグズグズになってしまった。一度返事をすればみんなに安易に弱音を吐き、精神的に頼ってしまいそうだったので、心の中で感謝をし、誰にも返事はしなかった。死ぬかもしれない他人に頼られることほど面倒なことはないだろう。

まだ普通に動けるから外に出たい気持ちにもなるのだが、もし誰かに見つかってしまったら「元気じゃん」、「仕事しろ」と話題になってしまうと思い、ずっと家の中にいた。ビクビクしつつもやめられない自慰行為ばかりの最低な日々。

ギリギリで録音し終わっていた「地獄でなぜ悪い」を予定通り10月にリリースしたい、とレーベルスタッフに提案すると「そう言うとは思わなかった」と驚かれた。手術予定日は8月頭。そこから数ヵ月後の発売予定だったが、もし手術が成功したとしても休養中ではプロモーションはできない。そして何より、その時自分は喋ったり、歩いたりできているのかどうかもわからないのだ。

映画の公開は予定通り。倒れる直前に作った「化物」の時と同様、今の自分の状況を偶然に予言してしまった歌詞だったので、リアルタイムで聴けた方が現実と詞のリンク具合を断然面白く感じられるだろうと思った。

結局、スタッフのみんなも本人稼働のないプロモーションで頑張ろう、と奮起してくれた。今回ミュージックビデオに出演することはできないだろうということで、アニメーションで行くことになった。レコード会社や事務所からすれば、「本人出演のMVがプロモーションには一番」なのだろうが、こうなっては仕方ない。逆に、ずっとアニメMVをやりたかった身としては願ってもないチャンスだった。

打ち合わせを終えて家に帰り、設定や登場人物を考え、台本（字コンテ）を書く。楽しい。やっぱり仕事をするのが好きなんだな。この自分が置かれている状況と反比例した、めちゃくちゃにくだらなくてパワーのあるものにしよう。「こんなバカみたいなMV作る人が身体を壊すわけがない」と思ってもらえるように、ニヤニヤしながら内容を考えた。

時は遡り春の日。映画『聖☆おにいさん』の打ち上げ会場で、眼鏡をかけた酔っぱらいの青年が近づいてきて言った。

「俺、音楽超好きなんす〜」

少しチャラい雰囲気がするその男性は、ワイン片手に1枚の色紙を渡してくれた。

そこには油性マジックで描き殴ったイラストで、裸の胸元に「カリスマ」と大きく書かれたブッダが、ヘッドホンを片耳に当て、ターンテーブルを擦《こす》り、オーディエンスを沸かせている様が描かれていた。驚いていると横にいたスタッフの方が紹介してくれた。

「総作画監督の浅野直之さんです」

その人は映画『ドラえもん　新・のび太と鉄人兵団』で総作画監督を務め、「日本一ドラえもんを描くのが上手い男」と呼ばれ、『聖☆おにいさん』でキャラクターデザインと総作画監督を務めた人だった。もっと年上だと思っていたが、パッと見自分と同じくらいの年齢に感じた。偉い人なのに偉ぶる素振りもまったく見せず、むしろ様子がおかしい、というか変な人だったので、なんだか気が合いそうだなあと思った。

字コンテ執筆中、部屋に飾ってあるその色紙に目が留まった。浅野さんに作画とキャラクターデザインをお願いできたらいいな。さっそくスタッフを通じ連絡すると、まさに今からちょうど3カ月空いているという。即決でOKをいただき、共同でMVの監督をしてもらうことになった。

入院直前に浅野さんと打ち合わせをすると、やはり妙に気が合った。そして入院した後も手術までは数日余裕があったので、施術直前ギリギリまでやり取りを続けた。絵コンテやキャラクターデザインがあがり、リテイクの注文をメールで返した。

頭のケガで入院している子供（星野源らしきデザイン）と、クラスのみんなについて行けず浮いてしまった女子高生が、妄想の世界（地獄）でお互いに理想化された姿で出会い、悪いモンスターをやっつけるというファンタジー。虚構に逃げ、別々の場所でただ現実逃避しているように見えるひとりぼっちの男女二人が、実は本人たちも気付かぬままに妄想内で繋がっているという話だ。

病院のベッドの上で寝転がり、病院のベッドの上で悲しそうにしている自分が描かれたコンテを眺める。

手術を控え気持ちは憂鬱だが、ものを作る、という視点で己を見ると、とても面白い。辛い病気を面白がり、前向きなものに転化するということは、その病気になった本人でないとできない。周りがやれば不謹慎になってしまうからだ。幸福なことに、自分はそれをできる環境にあり、リアルタイムでアウトプットする場がある。そんなことをさせてもらえるありがたさと楽しさ。たくさんの方に迷惑をかけてしまって本当に申しわけないし、相変わらず苦しい日々ではあるけれど、その頃には病気を恨む気持ちは既になくなっていた。

手術当日とその周辺の数日間、友人でありディレクターの山岸聖太にカメラを持ってきてもらい、すべてを映像に記録してもらうことにした。流石《さすが》に手術室には入れないが、病室での様子、手術後のすべてを記録してもらいたかった。どんな結果であろうと、気後れせずバッチリ映してもらうように、そして何があっても、術後自分がどんな状態になっても何らかの方法で映像を発表するように伝えた。

人の人生が大きく動く瞬間。何かが決まる瞬間。この映像が公開される時、自分がもし復帰できない状態になってしまったとしても、それを観ることができたら、自分が他人だったらきっと面白いだろう。私は面白いことができればそれでいい。芝居も、音楽も、文章も、「こんなたくさんの人がやっているなら自分がやらなくても」とうんざりしつつも、どうしても止められないのは、単純にもっと面白いことがしたいし、面白いことが起こる場にいたいからだ。たとえそれがこんな状況だとしても、なにか面白いものが少しでも残せれば生きていることと同じか、それ以上だと感じられた。

待ちに待った本番の日。手術着に着替え、手術室に歩いて向かう。ライブツアーや舞台の初日と似た緊張感とワクワク感。手術室の前にはニコニコしたK先生がいた。「いやあ、よろしくお願いします」というとK先生は「楽勝」と言わんばかりに笑った。隣には主治医の先生がいた。わざわざ遠いこの病院にまで立ち会いにきてくれた。手術中も最後まで立ち会ってくれるという。涙が出るほどありがたかった。

扉を開けて一歩入れば医師たちと自分のみの世界だ。家族とスタッフにブンブン手を振って中に入ると、妙な光景だったのか看護師さんが笑っていた。

台に横になり、頭を固定され、麻酔が打たれた。

自分は今から文字通り、人に命を預ける。起きたらどうなっているのかわからない。超元気かもしれない。偶然イケメンになっているかもしれない。ちんちんが大きくなっているかもしれない。早漏が長持ちするようになっているかもしれない。可愛くてスケベな彼女ができているかもしれない。くだらない？ くだらなくていい。ポジティブに行こうじゃないか。悪いことを考えられるのは悪くない時だけだ。今は良いことだけを考えられる集中力が俺にはある。

4

痛

い痛い
痛い痛
い痛い
痛い痛
い痛い
痛い痛
い痛い
痛い痛
い痛い
痛い痛
い痛い
痛い痛
い痛い
痛い痛
い痛い
痛い痛
い痛い痛い痛い痛い痛い痛い痛い痛い痛い痛い痛いコーラ飲みたい痛い痛い痛い痛い痛い痛い痛い痛い痛い痛い痛い痛い痛い痛い痛い痛い痛
い痛い
痛い痛
い痛い
痛い痛
い痛い
痛い痛
い痛いい痛い痛い痛い痛い痛

い痛いああああああああああああああああ痛いちんこ痒い痛い。

痛い、と声を出さずにいられない。あまりに痛くて暴れたくなる。

暗闇に誰かの声が聞こえる。

「痛いよねー」

「頭開けてるからね」

そうだ。頭蓋骨開けたんだった。頭にものすごい違和感を感じる。意識が途切れ、なにか何処かに運ばれている感覚があり、気が付くと耳元で声が聞こえた。

「大成功ですよ」

K先生の声だ。

「これで完治だからね」

マジですか。よかった。ありがとうございます。「よく頑張った」「よかったよかった」「ひと安心だ」。朦朧《もうろう》としながら家族との話を終え、目を開けるとそこは暗い集中治療室だった。

誰もいない。ふと意識がハッキリとした。手術する前と特に何も変わらない感覚。成功したのか。爆発的な頭の痛みがあるだけで、私は自分自身だった。

驚くことに、必要だと思われたバイパス手術はあまりにハイスピードかつ理想的な手術運びのおかげでやらずに済み、最短で手術を終えることができたと言われた。今後の再発率は10年で0・1パーセント。普通の人が発症する確率より低い数字だという。

さて。ここからが本番だと気持ちを引き締める。前回一番辛かったのは集中治療室での時間だ。まず吐き気。案の定すぐに気持ち悪くなった。

助けを呼ぶ間もなくベシャッと床に向かって黒い水を吐いてしまう。ＯＫ成功だ。吐くの上手くなったな俺。こんなに素直に吐けるなら、筋肉痛にもならなそうだ。ナースコールを押し、看護師さんを呼んだ。

「あー吐いちゃいましたね、片付けますね」

朦朧としてて気付かなかったが、可愛い。可愛いなこの看護師さん。しかし頭の激痛が性欲を完全にシャットアウトしてしまう。今、可愛いこととかホントどうでもいい。でも、元気だったらこの状況は嬉しいはずである。とにかく今は必死に可愛いと思うことを続けよう。わらにもすがりたい。今はまったくない性衝動を脳内で仮想することで少しでも楽しい気持ちでこの時間を乗り切れるなら、私は全力を尽くそう。

たった1分が1時間ほどに感じる。「年取るごとに時間が経つのが早くなるよね」というトークはありふれているが、大病をして集中治療室に行けば、すぐにでも子供の頃に味わったあの長い時間を体験することができる。気を散らすものもなく、動くことすらできなければ、時間はひたすら細分化され間延びしていく。スローな時間に頭の痛みが容赦なく攻め続ける。前回よりも痛みが強い。さすが頭蓋骨に穴を開けただけある。たまらずナースコールを押すとあの看護師さんが来た。

「どうしました?」

「すいません、めちゃくちゃ頭痛くて……。痛み止め打ってもらっていいですか」

「ここからは座薬の方がいいので座薬にしますね」

座薬。お尻の穴から入れる薬だ。こんな可愛い子にお尻の穴を触られるのか。私はまだお尻の方を開発したことはないが、噂ではとても気持ちいいと聞く。こんな状況、通常だったら嬉しいはずだが、1ミリも楽しくない。びっくりするほどに心の中が真顔である。

看護師さんが薄い手袋をはめ、お尻にローションらしきものを塗りはじめた。

「はい、じゃあお尻出しますね、横向いてください」

仰向けから横に寝返ると、下半身の手術着を脱がされた。お願いだから興奮して自分……！　そう思っていると、ズブリ、とアナルに座薬と指が入って行く。

「ああっ」

変な声が出た。全然気持ちよくない。むしろ気持ち悪い。すぐに座薬は挿入され、手袋をパンッ！　と外した看護師さんが淡々と服を着せてくれた。

「はい、終わりましたよ」

ごめんなさい。せっかく入れてもらったのに気持ちよくなかった。次の座薬チャンスの時には私、きっと頑張ります。

それからまた、何時間も暗い天井を見つめる。永遠にも感じる瞬間。眠れるわけもない。頭はもちろん痛い。ずっと吐きそう。痛み止めなんて気休めだ。視界の端に赤いチューブが見えた。頭から出てくる血を何処かに逃がしているらしい。え、ちょっと待ってこんなに血出てるの？　大丈夫かこれ。貧血にならない？　そう考えているとさらに気持ち悪くなってまた吐いてしまった。

すると最大だと思っていた頭痛が俄然盛り上がってきた。すかさずナースコールを押す。あの看護師さんがやってくる。

「星野さんどうしました?」

「吐いちゃって」

「ああ、片付けますね」

すばらしい手際の良さで、黒い嘔吐物が処理された。

「終わりましたよ」

「あと、また頭痛くなってきました」

「はい。じゃあ座薬入れましょうね」

きました座薬チャンス。次こそは、次こそは気持ちよくなってみせる。看護師さん! しかと見ててください。私の興奮を!

「あぐっ」

「はい、終わりました〜」

「……ありがとうございます」

ぜんぜん気持ちよくない。ダメだわ。やめだやめ。めちゃくちゃ頭痛いわ。何一つ興奮しないし、痛み以外にまったく気が向かない。

その日は結局一睡もできず、痛みに耐えながら一日を過ごした。座薬は計3回入れてもらった。最後の1回の頃にはもう無駄な抵抗は止め、ロボットのように事務的な気持ちで入れてもらった。

翌朝、すぐに個室に戻れることになった。カテーテル手術と違い、今回集中治療室は一日だけだそうだ。これは助かった。それだけでずいぶん気持ちは楽だった。

看護師という職業は基本的に担当する区画が分かれているそうで、管轄以外の場所にはあまり現れない。ストレッチャーに乗って退出する時、一晩中看護してくれたあの子に「ありがとうございました」とお礼を言った。すると彼女は、運ばれようとする私を「星野さん」と呼び、言った。

「ファンです」

え？

「私、星野さんの歌大好きなんです。これからも頑張ってください」

「あ……俺のこと知ってたんですか？」

「はい！　すごい好きです。応援してます」

「……それは、ありがとうございます」

私を乗せたストレッチャーは集中治療室を後にした。

最悪だ。自分のファンに座薬を3回も入れさせてしまうなんて。しかも「ファンに座薬を入れられながら気持ちよくなろうと必死で頑張った」なんて、今後どれだけ真面目なことを歌っても説得力の欠片《かけら》もないじゃないか。

1カ月後の退院の日、その子はわざわざ病室まで来てくれ、数人の看護師とともに顔を赤くしながらお祝いとして私の歌を歌ってくれた。可愛かった。退院後、頭痛も治まりずいぶん元気になった頃、集中治療室でのいろいろを思い出し、遅ればせながら少し興奮したのだが、それはまた、別の話。

5

「明日あたり顔が腫れますけど、2、3日で治るんで気にしないでくださいね」

手術を終えて2日目。担当医になったO先生に言われた。

痛みもまだ最強レベルで、動くこともできない。女性の看護師に「ご飯食べますか？」と訊かれ「食欲ないです」と答えると、「だいたい、女性は術後1日目からご飯食べはじめますよ」と笑われた。

「男はみんな時間かかりますからね」

信じられない。吐き気はすごいし、何よりふらふらして座ることもしたくない。食欲なんて湧くわけないこんな状況で食べるなんて。

ずっとカメラで撮ってくれていた山岸聖太の帰る時間が近づいてきた。明日からはしばらく病院に来ることはできないので、「地獄でなぜ悪い」のミュージックビデオのYouTube用トレイラーのラストに入れるための映像を撮ってもらうようお願いした。聴いてくれる人に、偶然生まれてしまった歌詞と本人の状態の親和性をよりわかりやすく伝えるため、動画の最後に実写の映像を短く入れたいと思った。

しかし何度か撮影してみるのだが、頭から赤い管を出し、ベッドで動けなくなっている自分はどう撮っても悲惨に見えてしまう。観た人に心配させたいわけではなく、あくまでも曲をより楽しんでもらうという目的だったので、いろいろ試して、最終的に手元だけを映してピースする、ということになった。なるべく明るく見えるように何度もリテイクを重ねる様子はちょっと滑稽であった。

スタッフたちも帰り、ここからは自分だけの時間だ。毎日来てくれている両親も、病院に泊まることはできないので、夜は必ず一人になる。少しずつ、起き上がり歩けるように練習する。フラフラする。足に力が入らない。トイレに行きたくなり、ゆっくりと立ち上がり、歩行用の点滴スタンドをしっかり持ち、少しずつ移動する。ドアを開け、そう言えば顔はどのくらい腫れてるかな、と思い鏡を見た。

「……誰だ！」

つい突っ込んでしまった。知らない人がそこにいた。話には聞いていたけどこんなに腫れるのか。実際の顔が2倍以上に大きくなっていた。鏡に映っている自分がいつもとまったく違う。なんというか生理的に戸惑う。こんなことで割と心がやられてしまう。失意の中で用を足し、ナースコールを押すと（術後しばらくは尿の色や量を確認してもらわなければならない）看護師さんが現れた。

「あら！ 顔かなり腫れましたねー」

明るく言ってくれる感じに救われる。

「こんなに腫れるんですね……」

「みんな不安になるんですけど、時間かかっても絶対引きますから」

優しい言葉に安堵しつつベッドに戻り、カメラ片手に面白い顔が残せないかとパシャパシャと自撮りをしたが、5分ほどチャレンジしてあまりの難易度の高さに無理だと諦めた。

その日から、増して行く痛みと共に、少しずつ前に進む日々が始まった。

夜中、あまりの頭の痛さに勝手に涙が流れ、枕がびしょびしょになった日もあるし、晩飯が吐かずに食べられてガッツポーズを取った日もあった。初めて車椅子に乗って押してもらいながら院内を散歩した時、スーパーファミコンで「F-ZERO」を初めてやった時以上の爽快感を感じた。廊下に出ることの喜び。売店で買い物をする時の楽しさ。売店で売っていた「ちくわパン」を初めて食べた時の衝撃の大きさ。ずっと刺さっていた点滴が外れた瞬間の喜び。気が合わない看護師さんが来た時に感じるコミュニケーションの難しさとそれに伴う悲しみ。お見舞いに来てくれた人が何気なく言ったひと言がある時は罪のない暴力となり、ある時は異常に治癒力の高い薬になり、心がすり減り、果てしなく豊かにもなる。晴れの日のありがたさと雨の日の悲しさ。嵐の日、窓にぶち当たる雨の勢いにワクワクし、祭りの日の夜、遠くで聴こえる花火の音に感じる孤独感。

楽しいことも、辛いことも、濃縮して味わった。病室の日々は、普通の生活の時間よりも遅く、間延びして感じるが、起こる出来事への喜怒哀楽の密度はとても高い。

景色の変わらない病室の中は一見時が止まったように見えるけれど、そんなことは決してなく、働いて、休んで、たくさん動いている人たちと同じかそれ以上に、心が動き回っていた。そんな入院生活は、紛れもなく人生をしっかり生きている実感があった。

生きた証や実感というものは、その人の外的行動の多さに比例するのではなく、胸の中にある心の振り子の振り幅の大きさに比例するのだ。

退院の日、看護師さんたちに見送られてタクシーに乗り、まだ腫れが少し残って別人のような自分が映る窓を見ながら、この顔が元に戻った後も、私はそのことを忘れてはいけないと思った。

6

窓を開ける。冷たい空気が入り込んでくる。微妙に厚着をして掃除機をかける。やがて体が温まってきて、結局Tシャツだけになる。

手術から4ヵ月が経ち、長かった2013年が終わろうとしている。太陽が落ちはじめ、空が赤くなって行く。大掃除を終え、洗濯物もよく乾き、ベッドのシーツを替え、ボスッと勢いよく横になって被った掛け布団の気持ちよさは異常だ。

先日は、クローゼットのハンガーをハンガー屋さんに発注して統一した。別に服が多いわけではないが、ハンガーがバラバラでないというだけでちょっと気持ちいい。あとは誰かが遊びに来た時に「どうだ!」と自慢できたらいいなと思う。

大晦日に家にいるのはいつぶりだろう。去年は病院だったし、その前まではカウントダウンイベントや仕事でいつも外にいた。ちゃんとこのタイミングで大掃除をしたのもきっと10年ぶりくらいだ。クローゼットから風呂場までピッチリ大掃除を終え、最高にスッキリ。窓を見るとすっかり夕暮れていた。

すべての部屋の窓を開け、空気を入れ替える。非常に寒い。湯を沸かして茶を入れる。

退院してからはとにかく、復帰後にスムーズに仕事に戻れるようにジムに通って体力づくりに励んだ。週3回のトレーニングでずいぶん筋肉も付き、倒れる前より健康な状態になった。あとは、遊んだ。「飯行きましょうね」と言いつつ忙しくて実現しなかった人たちとご飯を食べに行ったり、今までやれずに溜まっていた家庭用ゲーム機のゲームを何日も何日もプレイしたり、ブルーレイボックス買いまくってアニメ観まくったり、大作すぎて読む時間がなく、諦めていた名作マンガを1巻からじっくり読んだりした。とにかく楽しかった。

BioShock Infinite、STEINS;GATE、Portal、Portal 2、Dead Space、Dead Space 2、ガールズ&パンツァー、ケメコデラックス！、アイドルマスター、げんしけん、げんしけん二代目、キングダムなどなど。入院前、入院中、退院後、ここには書ききれないほどたくさんの面白い作品に励まされた。病気のことで不安でいっぱいになった時も、とんでもなく面白い作品に接すると一発で払拭《ふっしょく》できた。内容の面白さだけでなく、その裏側に潜む制作した人々の努力や志の高さを感じると、胸が熱くなり、とてつもないやる気が生まれた。自分から発信することはあまりできなかったが、好きなだけインプットできる幸せな日々だった。

寒い。空気が入れ替わったので窓を閉める。

街がなんとなくソワソワしている気がする。仕事をしている時はゆっくり夕暮れを感じることなどなかったが、大晦日はいつもの夕方と雰囲気が違い、なんだかいい感じだ。知り合いや仕事仲間はみんな仕事をしている。年末年始は書き入れ時だ。しかし私は家で一人でボーッとしている。意外と、あまり寂しくない。休養期間に購入したスピーカーから、ロバータ・フラックのファーストを流した。超いい音。窓の外、太陽が見えなくなり、街が暗く、空は赤くなる。今年が終わるんだなと実感する。「Ballad of the Sad Young Men」が流れた。いい曲だ。30秒ほど泣いた。

武道館の振替公演が来年の2月6日に決まった。その日が復帰の日になる。あと1カ月と少し。とはいえ、新曲の制作ももう始まっているし、エッセイの執筆も始めている。2013年に公開された映画『箱入り息子の恋』『地獄でなぜ悪い』『聖☆おにいさん』の3本で5つもの新人賞をいただくこともできた（受賞の知らせには飛び上がって喜んだ）。家にいる日は多いけれど、休業という感覚はもうあまりない。

たくさんの人に迷惑をかけてしまったし、遠回りもしたけれど、こうなって良かったんだなと心から思う。不満に思う気持ちは微塵《みじん》もない。この人生はとても面白いし、楽しい。支えてくれたみんなには、お礼をしてもしきれない。

空も真っ黒になり、完全に夜になった。何しよう。テレビは騒がしいし、何処かのカウントダウンイベントに行くにも、もう遅い。何をしてこの時間を過ごそうか。

うーん、オナニーでもするかな。

パソコンを立ち上げ、DMM.com のページを開く。ここではもう200本ほどの作品を買っている。DMM.com はクラウド機能がしっかりしていて、一度買ってしまえば何度でも何処でもダウンロードできるし、常に様々な画質が用意されていてとても重宝する。たとえば旅先で「あの作品が観たい」となってもモバイル機器でダウンロードもストリーミング再生もできるし、持ち運びだってしやすい。

さて、今日は何を購入しようか。検索して対策を練る。30分ほど巡っていると、ふとある企画もののAV作品が目に留まった。

「スローな手コキにしてくれ」

爆笑した。気が付けば膝から地面に崩れ落ちていた。

もちろんこの題名は、片岡義男の小説であり同名の映画タイトル、そしてその映画の主題歌となった南佳孝の名曲「スローなブギにしてくれ」のパロディである。アダルト作品におけるパロディの歴史は古く、伝説の『パイパニック(タイタニック)』にしろ、最近で言うと『アーンイヤーンマン(アイアンマン)』にしろ、名作『セックス・アンタ・ト・シテェ(セックス・アンド・ザ・シティ)』にしろ、その時々の流行のものを元ネタにすることが多い。しかしこの作品は30年以上前の作品をパロディにしており、その感覚はとても新鮮だと感じた。「男性が横になり、数人の女優が口と言葉とそしてもちろん手を中心に駆使しながら、ゆっくり時間をかけてフィニッシュに導く」という趣向の作品にこのタイトルをつけるセンス。そしてカスタマーレビューには「こんな作品を待っていた」とのコメント。購入しない理由がない。

あと1時間ほどで年越しだが、別にいいか。風呂に入って寝てしまおう。私の正月は今ではなく、もう少し後でいい。2月の武道館ライブからでいいじゃないか。

バッチリ掃除した風呂につかる。体を拭き、髪の毛を乾かし、歯を磨き、水を飲み、寝室の電気を消し、ベッドに入って目を閉じた。おやすみ自分。また明日の朝、お前と会えるのが、私はとても嬉しい。

単行本版あとがき

『蘇える変態』、手に取っていただき、誠にありがとうございます。

この本は、2011年から2013年まで、女性向けファッション誌『GINZA』に連載していた「銀座鉄道の夜」というエッセイに加筆、修正、新たに大幅な書き下ろしを加えてまとめたものです。

女性に有益な情報などまったく書けませんでしたが、それでも一度も怒ったりせずに、さらにはいろいろと下品なことまで書かせてくれた、優しい編集部の皆さんに感謝。とはいえ、「さすがにそこまではちょっと……」と笑顔で拒否されてしまった部分もあるにはあり、そこは書籍化の作業の際に丁寧に加筆させていただいております。

下品な話ばかりしたいわけではありません。下品な話の方が本質的だと訴えるつもりもありません。あまり自分の中に「話の種類」に垣根がないだけなんだと思います。感動の逸話も、セックスの面白体験談も、どちらも平等に興味があるというだけです。

　連載開始の直後、ファーストシングル「くだらないの中に」をリリースしてから、自分の環境は激しく変わりはじめました。仕事が増え、ありがたいことに休みがなくなり、２０１２年末にくも膜下出血で倒れて入院し、数カ月後の復帰、そして脳動脈瘤再発からの休業、再手術を経て療養していた長い日々。

　この3年間のすべて、というには少し足りないけれど、この本には、目まぐるしかった日々とその空気が焼き付いていると思います。

　しかし実際に書いているほとんどは意味のないことばかりです。変わりたいと心から願い、実際にどんどん変化していった景色の中で、夢が叶っていながらもなぜか空虚にまみれ、どうでもいいことばかり考え、ニヤニヤしたり、涙目だったり、いろんな気持ちになりながら書いた文章です。皆さんのお役に立つかどうかわかりませんが、ぜひ適当に読んでいただければと思います。

　この場を借りて、イラストを描いてくださった花沢健吾さん、ライブの本番中にもかかわらずこのカバーの写真を撮ってくれたドラマー大地くん、ツアー中ずっと写真を撮ってくれたカメラマン三浦知也くん、装丁の米山菜津子さん、GINZA編集部の河田紗弥さん、書籍編集部の林良二さん、編集の黒瀬朋子さんに心からのお礼を。

そして、その他、協力してくださった石野大雅さん、高村義彦さん、三部正博さん、林道雄さんにも心からの感謝を。

さらに、この本の推薦コメントをくださった、日本変態協会副会長の笑福亭鶴瓶師匠、豊﨑由美さん、松江哲明さん、二階堂ふみちゃん。嬉しい言葉を本当にありがとうございました。

そして、私事ではありますが、先日、日本変態協会の会長であるタモリさんにお会いしたとき、日本変態協会への所属を正式に認めていただきました。日本一の変態・タモリ会長にも、感謝申し上げたいと思います。

人はみな、変態だと思います。

人間より長い歴史を持つ動物たちを「普通」としたら、服を着て着飾ったり、向かい合ってセックスすることを正常位とする人間はもうフェティッシュの固まりだし、みな変態です。つまり「変態であること、それすなわち普通の人間である証明」なのだと思います。だから『蘇える変態』というタイトルは奇抜なものではなく、ただ、「とある人間が死の淵から帰ってきた」という意味の、普遍的なタイトルなのです。

日本変態協会会員　星野源

2014年　早春

文庫化に際してのあとがき

誰だお前は。

久しぶりに原稿を読み返しながら、つい、そう呟いてしまいました。

最後まで読んで頂いた方はご存知かと思いますが、僕にとって脳動脈瘤破裂、くも膜下出血という出来事はとてもとても大きなものでした。そこから人生はあらぬ方向に変化し、猛スピードで動き始めました。

このエッセイ集は、ターニングポイントを迎える瞬間までを捉《とら》えた本だと思います。自分がなりたいと思う姿を追いかけながら理想とかけ離れている自分を追い込み続けた結果、精神はだんだんと狂っていきました。それが限界を迎えて一度死に、そこから這《は》い上がって戻ってくる辺りまでが偶然記録されているのがこの作品です。

その後、星野源の人生はさらに思ってもいない方向に進むわけですが、この後の怒濤の展開はぜひ、続編エッセイでもある『いのちの車窓から』をお読みいただけたらと思います。

当時の原稿を確認した時、考え方や文章の書き方、思想や好きだと思うもの、今の自身と違うところも多く、まるで別人の人生を読んでいるようでした。苦しそうな彼と比べると、今の私は随分幸せな気がします。こんな風に文章で怒ることもなくなりました。何かを伝えようとするだけでなく、特に言いたいことはないが気持ちよく息を吸うように文章を書く、ということも自然にできるようになりました。今はそれがとても楽しいです。

ただ、この作品の頃は、まだ希望をしっかりと持っていたと思います。「もっとこうしたい」「世の中はもっといい感じになるはずだ」。まだ世間と対《たい》峙《じ》できていなかった当時の僕には、烏滸《おこ》がましくもそんな信念がありました。

今、僕の目の前には、いつも絶望があります。「もうどうにもならない」「世の中はいい感じになどならない」。どんなに頑張っても、この世の中は馬鹿なままだし、最悪になっていく一方だよ。例えば昔の自分にそう言っても、きっちり「いや、そんなことはない」と言うでしょう。そこが彼のとてもいいところだなと思います。

もうそのような気持ちでいることはできませんが、私は知っています。世間を面白くするには、世間を面白くしようとするのではなく、ただ自分が面白いと思うことを黙々とやっていくしかないのだと。

しかし今回、この頃の自分が文字通り死ぬほど頑張ってくれたから今の自分が居るのだということも、改めて強く意識することになりました。彼が必死にもがきながら前に進んでバトンを渡してくれたから、今がある。

その彼と、彼をいつも支えてくれた人々に、改めて深く感謝します。そしてもちろん、今を支えてくれる人々にも。

素晴らしい装丁をしてくれた関口聖司さん、超クールなイラストを描いてくれた小川悟史さん、そして担当編集である馬場智子さん、こんな変なタイトルの本を最後まで読んでくれたできた人間である貴方。本当にありがとう。本文を読まずにあとがきから読んでいるそこの貴方、バレてますよ。

また、どこかでお会いしましょう。

令和元年　６月末　　　　　　　　　　　　　　　星野　源

「万里の河」（作詞・作曲：飛鳥涼）
「悲しい色やね」（作詞：康珍化、作曲：林哲司）
「スーダラ節」（作詞：青島幸男、作曲：萩原哲晶）
「三百六十五歩のマーチ」（作詞：星野哲郎、作曲：米山正夫）
「ばらばら」「フィルム」「地獄でなぜ悪い」（作詞・作曲：星野源）

協　力：大人計画

初　出：『GINZA』2011年5月号〜2013年2月号、6〜7月号
「楽しい地獄だより」は単行本時書き下ろし

単行本：2014年5月　マガジンハウス刊
文庫化にあたり改題し、大幅に加筆・修正しました

イラストレーション　小川悟史
ブックデザイン　関口聖司
DTP制作　エヴリ・シンク

文春文庫

よみがえる変態《へんたい》

定価はカバーに
表示してあります

2019年9月10日　第1刷
2021年6月5日　第4刷

著　者　星《ほし》野《の》　源《げん》
発行者　花田朋子
発行所　株式会社　文藝春秋

東京都千代田区紀尾井町 3-23　〒102-8008
TEL　03・3265・1211(代)
文藝春秋ホームページ　http://www.bunshun.co.jp
落丁、乱丁本は、お手数ですが小社製作部宛お送り下さい。送料小社負担でお取替致します。

印刷製本・大日本印刷

Printed in Japan
ISBN978-4-16-791355-7

（　）内は解説者。品切の節はご容赦下さい。

安野光雅
絵のある自伝
昭和を生きた著者が出会い、別れていった人々との思い出をユーモア溢れる文章と柔らかな水彩画で綴る初の自伝。心温まる追憶は時代の空気を浮かび上がらせ、読む者の胸に迫る。

あ-9-7

阿川佐和子
いつもひとりで
ジャズ、エステ、旅行に食事。相変わらずパワフルに日々を送るアガワの大人気エッセイ集。幼い頃の予定を大幅に変更して今後は「いつもひとり」の覚悟をしつつ……？　（三宮麻由子）
あ-23-12

阿川佐和子
「聞く力」文庫2
アガワ随筆傑作選
今度は「語る力」です！　お嫁さんを夢見る少女が日本を代表する仕事人になるまで、エッセイで辿るアガワの激動（？）の人生。秘蔵写真公開。　（中江有里）
あ-23-23

浅田次郎
君は嘘つきだから、小説家にでもなればいい
裕福だった子供時代、一家離散の日々で身につけた習慣、二人の母のこと、競馬、小説。作家・浅田次郎を作った人生の諸事が綴られた文章に酔いしれる、珠玉のエッセイ集。

あ-39-14

浅田次郎
かわいい自分には旅をさせよ
京都、北京、パリ……誰のためでもなく自分のために旅をし、日本を危うくする「男の不在」を憂う。旅の極意と人生指南がつまった、笑いと涙の極上エッセイ集。幻の短篇、特別収録。

あ-39-15

安野モヨコ
食べ物連載
くいいじ
激しく〆切中でもやっぱり美味しいものが食べたい！　昼ごはんを食べながら夕食の献立を考える食いしん坊な漫画家・安野モヨコが、どうにも止まらないくいいじを描いたエッセイ集。

あ-57-2

朝井リョウ
時をかけるゆとり
カットモデルを務めれば顔の長さに難癖つけられ、マックで休憩すれば黒タイツおじさんに英語の発音を直され。『学生時代にやらなくてもいい20のこと』改題の完全版。　（光原百合）
あ-68-1

（　）内は解説者。品切の節はご容赦下さい。

ちいさな城下町
安西水丸

有名無名を問わず、水丸さんが惹かれてやまなかった村上市・行田市・中津市・高梁市など二十一の城下町。歴史的事件や人物の逸話、四コマ漫画も読んで楽しい旅エッセイ。（松平定知）

あ-73-1

杖ことば
五木寛之

心に残る、支えになっている諺や格言をもとにした、著者初の語り下ろしエッセイ。心が折れそうなとき、災難がふりかかってきたとき、老後の不安におしつぶされそうなときに読みたい一冊。

い-1-36

ボローニャ紀行
井上ひさし

文化による都市再生のモデルとして名高いイタリアの小都市ボローニャ。街を訪れた著者は、人々が力を合わせ理想を追う姿を見つめ、思索を深める。豊かな文明論的エセー。（小森陽一）

い-3-29

夜明けのブランデー
池波正太郎

映画や演劇、万年筆に帽子、食べもの日記や酒のこと。週刊文春に連載されたショート・エッセイを著者直筆の絵とともに楽しめる穏やかな老熟の日々が綴られた池波版絵日記。（池内　紀）

い-4-90

伊集院静の流儀
伊集院　静

危機の時代を、ほんとうの「大人」として生きるために――。今もっとも注目を集める作家の魅力を凝縮したベストセラーが待望の文庫化。エッセイ、対論、箴言集、等々。ファン必携の一冊。

い-26-18

眺めのいい人
伊集院　静

井上陽水、北野武、色川武大、松井秀喜、武豊、宮沢りえ、高倉健など、異能の人々の素顔が垣間見える、著者ならではの交遊録。大ベストセラー『大人の流儀』は、本書があってこそ生まれた。

い-26-19

犬心
伊藤比呂美

十四年間ともに暮らしたジャーマン・シェパード、タケとの最後の日々。生と死を考えるなかで、重なるのは日米間で遠距離介護をしていた父の姿だ。詩人が綴る「命の物語」。（町田　康）

い-99-1

（　）内は解説者。品切の節はご容赦下さい。

井上ユリ
姉・米原万里
プラハのソビエト学校で少女時代を共に過ごした三歳下の妹が、食べものの記憶を通して綴る姉の思い出。初めて明かされる名エッセイの舞台裏。初公開の秘蔵写真多数掲載。（福岡伸一）
い-104-1

宇江佐真理
ウエザ・リポート　見上げた空の色
鬼平から蠣崎波響など歴史上の人物、私淑する先輩作家、大好きな本、地元函館での衣食住、そして還暦を過ぎて思いがけず得た病のことなど。文庫化にあたり、「私の乳癌リポート」を収録。

う-11-20

上野千鶴子
おひとりさまの老後
結婚していてもしてなくても、最後は必ずひとりになる。でも、智恵と工夫さえあれば、老後のひとり暮らしは怖くない。80万部のベストセラー、待望の文庫化！（角田光代）
う-28-1

上野千鶴子
男おひとりさま道
80万部を超えたベストセラー「おひとりさまの老後」の第二弾。死別シングル、離別シングル、非婚シングルと男性〝おひとりさま〟向けに、豊富な事例をまじえノウハウを指南。（田原総一朗）
う-28-2

上野千鶴子
ひとりの午後に
世間知らずだった子供時代、孤独を抱えて生きていた十代のころ……。著者の知られざる生い立ちや内面を、抑制された筆致で綴ったエッセイ集。（伊藤比呂美）
う-28-3

上野千鶴子
上野千鶴子のサバイバル語録
「万人に感じ良く思われなくてもいい」『相手にとどめを刺さず、もてあそびなさい』——家族、結婚、仕事、老後、人生を前向きに生きたいあなたへ。過酷な時代を生き抜く140の金言。

う-28-4

内田洋子
ジーノの家　イタリア10景
イタリア人は人間の見本かもしれない——在イタリア三十年の著者が目にしたかの国の魅力溢れる人間達。忘れえぬ出会いや情景をこの上ない端正な文章で描ききるエッセイ。（松田哲夫）
う-30-1

（　）内は解説者。品切の節はご容赦下さい。

内田洋子
ロベルトからの手紙
俳優の夫との思い出を守り続ける老女、弟を想う働き者の姉たち、無職で引きこもりの息子を案じる母――イタリアの様々な家族の形とほろ苦い人生を端正に描く随筆集。（平松洋子）
う-30-2

遠藤周作
生き上手　死に上手
死ぬ時は死ぬがよし……だれもがこんな境地で死を迎えたい。でも死はひたすら恐い。だからこそ死に稽古が必要になる。周作先生が自らの失敗談を交えて贈る人生セミナー。（矢代静一）
え-1-12

江國香織
やわらかなレタス
ひとつの言葉から広がる無限のイメージ――。江國さんの手にかかると、日々のささいな出来事さえも、キラキラ輝いて見えだします。読者を不思議な世界にいざなう、待望のエッセイ集。
え-10-3

小川洋子
とにかく散歩いたしましょう
ハダカデバネズミとの心躍る対面、同郷のフィギュアスケーターの演技を見て流す涙、そして永眠した愛犬ラブと暮らした日々。創作の源泉を明かす珠玉のエッセイ46篇。（津村記久子）
お-17-4

奥田英朗
どちらとも言えません
サッカー後進国の振る舞いを恥じ、プロ野球選手の名前をマジメに考え、大相撲の八百長にはやや寛容？　スポーツに興味がなくても、必読。オクダ流スポーツで読み解くニッポン！
お-38-7

岡田光世
ニューヨークの魔法の約束
大都会の街角で交わす様々な〝約束〟が胸を打つ、大人気シリーズ第七弾。くり返しの毎日に心が乾いていたら、貴方も魔法にかかってみませんか？　文庫書き下ろし。（加藤タキ）
お-41-7

岡田光世
ニューヨークの魔法のかかり方
どこでも使えるコミュニケーション術を初めて伝授する第八弾。笑いと涙の話に明日へのパワーを充電できて英語も学べる！　女優・黒木瞳さんとの対談を特別収録。カラー写真満載。
お-41-8

（　）内は解説者。品切の節はご容赦下さい。

岡田光世
ニューヨークの魔法は終わらない
道を聞けば周りがみな口を出す。駅のホームで他人同士が踊り始める——心と心が通い合った時、魔法が生まれる。大人気シリーズ最後を飾る書き下ろし。著者の秘蔵話と写真も満載！
お-41-9

大宮エリー
生きるコント
毎日、真面目に生きているつもりなのに……なぜか、すべてがコントになってしまう人生。作家・大宮エリーのデビュー作となった、大笑いのあとほろりとくる悲喜劇エッセイ。（片桐　仁）
お-51-1

大宮エリー
生きるコント２
笑ったり泣いたり水浸しになったり。何をしでかすか分からない〝嵐を呼ぶ女〟大宮エリーのコントのような爆笑エッセイ集、第2弾。読むとラクになれます。（松尾スズキ）
お-51-2

開高　健
私の釣魚大全
まずミミズを掘ることからはじまり、メコン川でカチョックという変な魚を一尾釣ることに至る国際的な釣りのはなしと、井伏鱒二氏が鱒を釣る話など、楽しさあふれる極上エッセイ。
か-1-2

角田光代
なんでわざわざ中年体育
中年たちは皆、運動を始める。フルマラソンに山登り、ボルダリング、アウトドアヨガ。インドア派を自認する人気作家が果敢に様々なスポーツに挑戦した爆笑と共感の傑作エッセイ。
か-32-16

川上未映子
世界クッキー
読んだあとはどこか世界が変わってみえる——体、言葉、季節、旅、本、日常やあれこれ。『乳と卵』で芥川賞を受賞し、話題作を発表し続ける川上未映子が放つ、魅惑のエッセイ集。
か-51-2

川上未映子
きみは赤ちゃん
35歳で初めての出産。それは試練の連続だった！　芥川賞作家の鋭い観察眼で「妊娠・出産・育児」という大事業の現実を率直に描き、多くの涙と共感を呼んだベストセラー異色エッセイ。
か-51-4

（　）内は解説者。品切の節はご容赦下さい。

河野裕子・永田和宏
たとへば君《きみ》
四十年の恋歌

乳がんで亡くなった歌人の河野裕子さん。大学時代の出会いから、結婚、子育て、発病、そして死。先立つ妻と見守り続けた夫。交わした愛の歌380首とエッセイ。（川本三郎）

か-64-1

河野裕子・永田和宏・その家族
家族の歌
河野裕子の死を見つめて

母・河野裕子の死をはさんで二年にわたって続けられた、歌人家族によるリレーエッセー。孫たちのこと、娘の結婚、子どものころの思い出……。そのすべてが胸をうつ。（永田　紅）

か-64-2

河野裕子・永田和宏
京都うた紀行
歌人夫婦、最後の旅

歌に魅せられ、その歌に詠まれた京都近郊の地をともに歩いて綴った歌人夫婦の記。死別の予感が切なく胸に迫る。河野氏の死の直前に行われた最後の対談を収録。（芳賀　徹）

か-64-3

角幡唯介
探検家の憂鬱

チベットから富士山、北極……。「生のぎりぎりの淵をのぞき見ても、もっと行けたんじゃないかと思ってしまう」探検家・角幡唯介にとって、生きるとは何か。孤高のエッセイ集。

か-67-1

角幡唯介
探検家の事情

本屋大賞ノンフィクション本大賞受賞など最注目の探検家が「実は私、本当はイケナイ人間なんです」と明かすエッセイ。宮坂学ヤフー会長との「脱システム」を巡る対談も収録。

か-67-2

貴志祐介
極悪鳥になる夢を見る

時にスッポンに詫びつつ鍋を作り、時に読む者を不安にする早口言葉を考え、常に阪神愛は止まらない。意外な素顔満載の初エッセイ集。ヒューマニズムと悪についての講演録も収録。

き-35-3

黒柳徹子
チャックより愛をこめて

長い休みも海外生活も一人暮らしも何もかもが初めての経験。NY留学の1年を喜怒哀楽いっぱいに描いた初エッセイが新装版に。インスタグラムで話題となった当時の写真も多数収録。

く-2-3

（　）内は解説者。品切の節はご容赦下さい。

久世光彦
ベスト・オブ・マイ・ラスト・ソング
末期の刻に一曲だけ聴くことができるとしたら、どんな歌を選ぶか――。14年間連載されたエッセイから52篇を選んだ〈決定版〉。小林亜星、小泉今日子、久世朋子の語り下し座談会収録。
く-17-7

高橋順子
夫・車谷長吉
直木賞受賞作『赤目四十八瀧心中未遂』で知られる異色の私小説作家の求愛を受け容れ、最後まで妻として支え抜いた詩人が回想する桁外れな夫婦の姿。講談社エッセイ賞受賞。（角田光代）
く-19-50

宮藤官九郎
俺だって子供だ！
生まれたてなのに態度が部長クラスの娘「かんぱ」。その誕生から3歳までの成長を余すところなく観察した、爆笑の子育て苦行エッセイ！　巻末にかんぱ（5歳）との盗聴親子対談を収録。
く-34-1

宮藤官九郎
いまなんつった？
セリフを書き、セリフを覚え、セリフを喋って早20年。人生の半分をセリフと格闘してきた宮藤官九郎が思わず「いまなんつった？」と聞き返したくなる名&迷セリフ111個をエッセイに。
く-34-2

宮藤官九郎
え、なんでまた？
『あまちゃん』から『11人もいる！』まで、あの名セリフはここで生まれた！　宮藤官九郎が撮影現場や日常生活で出会った名&迷セリフについて綴ったエッセイ集。（岡田惠和）
く-34-4

小林秀雄
考えるヒント
常識、漫画、良心、歴史、役者、ヒットラーと悪魔、平家物語などの項目を収めた「考えるヒント」に随想「四季」を加え、「ソヴェットの旅」を付した明快達意の随筆集。（江藤　淳）
こ-1-8

小林秀雄
考えるヒント2
忠臣蔵、学問、考えるという事、ヒューマニズム、還暦、哲学、天命を知るとは、歴史、など十二篇に「常識について」を併載して、いま改めて考えることの愉悦を教える。（江藤　淳）
こ-1-9

（　）内は解説者。品切の節はご容赦下さい。

考えるヒント3
小林秀雄
「知の巨人」の思索の到達点を示すシリーズの第三弾。柳田民俗学の意義を正確に読み解き、現代知識人の盲点を鋭くついた歴史的名講演「信ずることと知ること」ほかの講演を収録する。
こ-1-10

我が老後
佐藤愛子
妊娠中の娘から二羽のインコを預かったのが受難の始まり。さらに仔犬、孫の面倒まで押しつけられ、平穏な生活はぶちこわし。ああ、我が老後は日々これ闘いなのだ。痛快抱腹エッセイ。
さ-18-2

これでおしまい　我が老後7
佐藤愛子
タイガー・ウッズの浮気、知的人間の面倒臭さ、嘘つきについて。20年間「悟る」ことなき爽快な愛子節が炸裂する！　冴え渡る考察とユーモアで元気になる大人気エッセイ集。
さ-18-24

冥途のお客
佐藤愛子
岐阜の幽霊住宅で江原啓之氏が見たもの、狐霊憑依事件、金縛り体験記、霊能者の優劣……。「この世よりもあの世の友が多くなってしまった」著者の、怖くて切ない霊との交遊録、第二弾。
さ-18-13

孫と私のケッタイな年賀状
佐藤愛子
初孫・桃子の誕生以来20年、親しい友人に送り続けた2ショット年賀状。孫の思春期もかえりみず、トトロやコギャルはては晒し首まで、過激な扮装写真を一挙公開！　（阿川佐和子）
さ-18-32

女を観る歌舞伎
酒井順子
嫉妬する女、だめんず好きな女……歌舞伎に登場する女性たちには、時を越えた共感と驚きがある！　著者の分析・分類が冴え渡る、楽しい歌舞伎論。市村萬次郎氏との対談を特別収録。
さ-29-8

文・堺雅人
堺　雅人
大きな話題を呼んだ、演技派俳優の初エッセイ。文庫版では蔵出しインタビュー＆写真、作家・宮尾登美子さんとの「篤姫」対談や、作品年表も収録。役者の「頭の中」っておもしろい。
さ-60-1

文春文庫　最新刊

泥濘　黒川博行
今度の標的は警察OBや！「疫病神」シリーズ最新作

梅花下駄　照降町四季（三）　佐伯泰英
大火で町が焼けた。佳乃は吉原の花魁とある計画を練る

神様の罠　辻村深月　乾くるみ　米澤穂信　芦沢央　大山誠一郎　有栖川有栖
人気作家が贈る罠、罠、罠。豪華ミステリーアンソロジー

江戸彩り見立て帖　**色にいでにけり**　坂井希久子
鋭い色彩感覚を持つお彩。謎の京男と〝色〟の難題に挑む

あなたのためなら　藍千堂菓子噺　田牧大和
絶望した人を和菓子で笑顔にしたい。垂涎の甘味時代小説

特急ゆふいんの森殺人事件〈新装版〉十津川警部クラシックス　西村京太郎
殺人容疑者の探偵。記憶を失くした空白の一日に何が？

へぼ侍　坂上泉
錬一郎はお家再興のため西南戦争へ。松本清張賞受賞作

立ち上がれ、何度でも　行成薫
真の強さを求めて二人はリングに上がる。傑作青春小説

悪人　吉田修一
本当の悪人は―。交差する想いが心揺さぶる不朽の名作

ヒヨコの猫またぎ〈新装版〉　群ようこ
地味なのに、なぜか火の車の毎日を描く爆笑エッセイ集

美しく、狂おしく　岩下志麻の女優道　春日太一
医者志望の高校生から「極道の妻」に。名女優の年代記

堤清二　罪と業　最後の「告白」　児玉博
死の間際に明かした堤一族の栄華と崩壊。大宅賞受賞作

小林秀雄　美しい花　若松英輔
詩のような批評をうみだした稀代の文学者の精神的評伝

合成生物学の衝撃　須田桃子
DNAを設計し人工生命体を作る。最先端科学の光と影

沢村さん家のこんな毎日　久しぶりの旅行と日々ごはん篇　益田ミリ
ヒトミさん、初ひとり旅へ。「週刊文春」連載を文庫化

世界を変えた14の密約　ジャック・ペレッティ　関美和訳
金融、食品、政治…十四の切り口から世界を描く衝撃作

父・福田恆存〈学藝ライブラリー〉　福田逸
劇作家の父と、同じ道を歩んだ子。親愛と葛藤の追想録